WITHDRAWN

Atracción inevitable

Leanne Banks

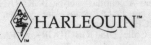
HARLEQUIN™

Editado por HARLEQUIN IBÉRICA, S.A.
Núñez de Balboa, 56
28001 Madrid

I.S.B.N.: 978-84-671-7356-7
Depósito legal: B-24491-2009
Editor responsable: Luis Pugni
Preimpresión y fotomecánica: M.T. Color & Diseño, S.L.
C/. Colquide, 6 portal 2 - 3º H. 28230 Las Rozas (Madrid)
Impresión y encuadernación: LITOGRAFÍA ROSÉS, S.A.
C/. Energía, 11. 08850 Gavá (Barcelona)
Fecha impresion para Argentina: 1.2.10
Distribuidor exclusivo para España: LOGISTA
Distribuidor para México: CODIPLYRSA
Distribuidores para Argentina: interior, BERTRAN, S.A.C. Vélez
Sársfield, 1950. Cap. Fed./ Buenos Aires y Gran Buenos Aires,
VACCARO SÁNCHEZ y Cía, S.A.
Distribuidor para Chile: DISTRIBUIDORA ALFA, S.A.

Capítulo Uno

Lo único que tenía que hacer era fingir.

Lo único que tenía que hacer era seguir siendo la ayudante ejecutiva eficiente, leal y discreta que había sido durante tanto tiempo. Emma Weatherfield llevaba fingiendo desde los seis años y aquello no tenía por qué ser diferente.

A las 6:45 a.m., la puerta de su despacho en la empresa Megalos-De Luca se abrió y Emma tuvo que enfrentarse con un hombre alto de pelo y ojos negros que la miró de arriba abajo.

No lo esperaba hasta más tarde y su mirada oscura le puso la piel de gallina. Le habían dicho que Damien Medici era una versión atractiva de Satanás y no podía estar más de acuerdo. No había una gota de dulzura en sus duras facciones y la cicatriz que cruzaba su mejilla sólo servía para acentuar su reputación de hombre inflexible.

Su pulso se había acelerado, pero intentó mostrarse serena.

–Señor Medici –lo saludó.

–Emma Weatherfield –dijo él, ofreciéndole su mano.

Emma vaciló durante una décima de segundo antes de estrecharla. Después de todo, aquel hom-

3

bre estaba allí para poner patas arriba lo único que le había dado estabilidad a su vida.

A pesar de las protestas de la dirección de Megalos-De Luca, el presidente, James Oldham, había insistido en contratar una empresa externa para dirigir una reorganización estructural, con el objetivo de recortar gastos y aumentar los beneficios. Y Damien Medici había amasado su fortuna eliminando puestos de trabajo.

Pero ella tenía un trabajo que hacer, se recordó a sí misma mientras estrechaba su mano. La callosidad de la palma la sorprendió. Damien Medici era el presidente de una empresa millonaria, no tenía necesidad de trabajar con las manos.

Pronto sabría la respuesta a esa pregunta. Sabría las respuestas a todas sus preguntas y las de sus jefes porque, durante unas semanas, su trabajo consistiría en averiguar todo lo que pudiera sobre los planes de Damien Medici e informar de ello a los vicepresidentes de Megalos-De Luca, o MD como solían llamarla, a quienes les debía su nueva vida.

–Puedes llamarme Damien cuando estemos solos. Lo de señor Medici lo reservaremos para otros momentos –dijo él–. Me habían dicho que eras muy eficiente, pero no esperaba que llegases tan temprano a la oficina.

–Es una costumbre –sonrió Emma, apartando la mano–. Como es un nuevo puesto, quería estar preparada.

–¿Y lo estás? –preguntó Damien, mirando alrededor.

«No», pensó ella.

—Supongo que eso tendrás que decidirlo tú.

Asintiendo con la cabeza, él entró en el despacho que le habían asignado, una oficina con vistas a las montañas de nevadas cumbres a las afueras de Las Vegas.

—Tengo entendido que llevas seis años en la empresa.

—Así es —Emma lo observó pasear por el despacho, mirando el ordenador, el escritorio y el paisaje que se veía por la ventana.

—Según tu currículum, dos de esos seis años trabajando para Alex Megalos. Has ido ascendiendo rápidamente y MD se ha portado muy bien contigo: te han pagado la carrera y te permiten tener un horario flexible mientras haces un máster.

—Sí, todo eso es verdad.

—Supongo que les estarás agradecida —siguió él, desabrochando su chaqueta—. Quizá tanto que no quieres que haya cambios importantes en la empresa.

—Lo que quiero es que MD siga siendo una de las empresas hoteleras más importantes del país —ésa era la respuesta que se había preparado y sonaba falsa incluso a sus propios oídos.

—¿Aunque para eso fuera necesario eliminar puestos de trabajo? ¿Aunque tuviera que ponerlo todo patas arriba?

—Según parece, eres legendario haciendo eso. Pero estoy segura de que también a ti te interesa mejorar el rendimiento de la empresa. Después de todo, te pagan para que hagas eso.

Él esbozó una sonrisa.

—Muy bien —asintió, como si supiera que estaba haciendo un papel—. En ese caso, me gustaría empezar con los informes económicos de todos los departamentos.

Emma parpadeó.

—Había pensado que querrías reunirte con los vicepresidentes antes de nada.

Damien negó con la cabeza mientras sacaba un ordenador portátil de su funda.

—No, ellos intentarían influir en mi análisis. Prefiero los informes.

—Muy bien. Si quieres usar el ordenador…

—No, siempre uso el mío. Lo llevo a todas partes.

—Pero hemos comprado ése especialmente para ti…

—No me hace falta. Dáselo a otro empleado… o devuélvelo, así será un gasto menos para la empresa.

Emma asintió. Sí, podía hacer eso, pero si Damien no guardaba la información en el ordenador, ella no podría acceder a los archivos que crease en relación con la reorganización. Y era para eso para lo que estaba allí: para informar a Alex Megalos y Max De Luca sobre los planes de aquel hombre.

Había sabido desde el principio que aquel encargo iba a ser difícil, pero no hasta qué punto.

—Muy bien. ¿Cómo te gusta el café?

—Me gustaría tener una cafetera en el despacho. Prefiero hacerlo yo.

Eso la sorprendió y Damien debió de ver la sorpresa reflejada en su cara.

—No soy como tus otros jefes. Yo no crecí en una casa llena de criados, de modo que sé cuidar de mí mismo.

Emma asintió, preguntándose si había sido su imaginación o de verdad había una nota de resentimiento por el lujo con el que habían vivido siempre Max De Luca y Alex Megalos.

—¿Necesitas algo?

—No, gracias. Sólo los informes.

Mientras estudiaba el primero de los informes financieros, Damien notó la vibración de su Blackberry y estuvo a punto de no contestar porque atender una llamada retrasaría su trabajo. Pero al mirar la pantalla reconoció el número de su hermano Rafe.

—¿Qué tal, Rafe? —Damien sonrió mientras se daba la vuelta en el sillón para ver cómo se ponía el sol al otro lado de la ventana.

—Bien, relajándome en Key West. ¿Cuándo vas a venir para que te gane al billar?

—¿Relajándote? Tú trabajas tanto en tu negocio de yates como yo en lo mío.

—Ya, claro. O sea, que tienes miedo de que te dé una paliza —rió su hermano.

Damien rió también. Rafe y él solían jugar al billar desde que volvieron a reunirse ya como adultos.

—Te recuerdo que la última vez gané yo.

—Pues yo quiero la revancha —dijo Rafe.

–No va a ser posible. Ahora mismo tengo un contrato que exige toda mi atención. James Oldham, el nuevo presidente de Megalos-De Luca, me ha contratado para reorganizar la empresa.

Al otro lado de la línea hubo un silencio.

–Siempre has dicho que encontrarías la forma de hacer que los De Luca pagasen por lo que le hicieron a nuestro abuelo. No sé cómo lo has conseguido, hermano.

–Es curioso lo que hay que trabajar para conseguir algunas cosas mientras otras prácticamente te caen en las manos –respondió Damien.

Había soñado con aquel día, con aquella oportunidad de hundir a los De Luca. La destrucción de la herencia Medici había herido a tres generaciones y Damien siempre había pensado que era su obligación hacer que los De Luca sufrieran tanto como habían sufrido ellos.

–¿Has empezado a hacerlo? –le preguntó su hermano.

–Hoy mismo –contestó él, sintiendo una descarga de adrenalina–. Incluso me han dado un despacho en el cuartel general de MD.

Rafe soltó una carcajada.

–Eso sí que es dejar que el zorro entre en el gallinero.

–Desde luego. Incluso me han provisto de una guapa ayudante. Absolutamente leal a la empresa, claro.

–Pero tú estás dispuesto a hacer que cambie de opinión –aventuró su hermano.

–Haré lo que tenga que hacer –respondió Damien, intrigado por lo que habría bajo el serio exterior de la señorita Weatherfield.

Con unos ojos tan azules como las nomeolvides, el pelo castaño y un cuerpo que, sospechaba, escondía curvas peligrosas, empezaba a preguntarse cómo sería en la cama. Descubrirlo podría ser un extra interesante.

–Ten cuidado –le advirtió Rafe.

–¿A qué te refieres?

–Has ganado fama y fortuna gracias a tu habilidad para tomar decisiones en las que no cabe emoción de ningún tipo. Pero hay una vida entera en ese contrato y eso es mucha emoción.

Damien consideró el consejo de su hermano.

–No te preocupes por mí, yo siempre trabajo con la cabeza y en esta ocasión no va a ser diferente.

–Muy bien, ya sabes que yo te apoyo en todo –dijo Rafe–. Salvo cuando estamos jugando al billar, claro.

–Gracias. A lo mejor acepto tu invitación cuando haya terminado en MD. Así tendremos algo que celebrar. Cuídate –le dijo Damien, antes de cortar la conexión.

Para el día siguiente, Damien había eliminado setenta y cinco puestos de trabajo y pensaba utilizar a dos de sus expertos para que hicieran análisis individuales de cada uno de los hoteles de la cadena. El consejo de administración de Megalos-De Luca le había ofrecido empleados de la empresa para hacerlo, pero Damien sabía que lo más importante era la objetividad y ellos no podrían ser objetivos.

A las cuatro de la tarde un golpecito en la puerta interrumpió una de sus evaluaciones.

–¿Sí?

Emma entró en el despacho con una bolsa en la mano.

–Siento molestarte, pero me he dado cuenta de que no habías comido y...

Eso lo pilló por sorpresa. Había dejado claro desde el principio que cuidaría de sí mismo, pero era un bonito detalle.

–Entra, por favor. ¿Qué me traes?

–No sabía lo que te gustaba, así que...

Llevaba un conservador traje de chaqueta y falda oscura y una blusa de escote cerrado, pero Damien no podía dejar de preguntarse cómo sería con algo más revelador.

–¿Y qué has elegido?

–Un sándwich de carne asada con mostaza, lechuga y tomate.

–Carne roja –murmuró Damien–. No has pensado que podría ser vegetariano.

Emma sonrió.

–No, la verdad es que no. También había quiche de verduras, pero he pensado que no era lo tuyo.

Riendo, él tomó la bolsa.

–Gracias. Si siempre eres tan rápida para entender lo que quiere el jefe, no me extraña que te hayan ascendido tantas veces.

–Estamos hablando de comida, así que no es tan difícil. A Alex le gusta cualquier cosa que lleve aceitunas y Max nunca toma carbohidratos por la mañana porque quiere estar alerta por la tarde.

–¿Y tú?

–Lo que haya traído. ¿Quieres algo más?

–Lo que hayas traído –repitió Damien–. Hay una cafetería en la empresa, ¿no?

–Sí, pero yo tengo por costumbre traerme la comida de casa. Lo he hecho desde que iba al colegio.

–Yo hacía lo mismo. Cuando había comida.

Emma lo miró, interrogante.

–Casas de acogida –explicó Damien.

–Ah, entiendo –murmuró ella, con una mezcla de simpatía y confusión–. Mi padre murió cuando yo era pequeña, así que me he criado sólo con mi madre.

Damien la miró a los ojos y, por un momento, hubo una especie de conexión que lo tomó por sorpresa. Y vio la misma sorpresa en los ojos azules antes de que ella apartase la mirada.

–Espero que te guste…

–¡Emma! –oyeron una voz masculina al otro lado de la puerta–. ¿Emma, estás aquí?

–Un momento –se disculpó ella, asomando la cabeza por la puerta del despacho–. Brad, estoy con el señor Medici.

–Atiéndelo, no te preocupes por mí… –empezó a decir Damien, pero se calló, sorprendido, cuando ella le hizo un gesto para que guardase silencio.

–No, esta noche no puedo, lo siento. Tengo

que terminar un trabajo para clase. Por favor, discúlpame –Emma se volvió después de cerrar la puerta–. Lo siento, es que…

–¿Quién es ese Brad?

Ella dejó escapar un suspiro.

–Un chico muy agradable que trabaja en contabilidad. Es encantador… la verdad es que no puedo decir nada malo de él.

–Pero no parece entender cuando alguien le dice que no.

–Es muy agradable…

–Eso ya lo has dicho.

–No me gusta herir los sentimientos de nadie –admitió Emma–. Especialmente cuando es buena gente.

–Si no entiende que no quieres salir con él, no es tan buena gente –opinó Damien–. Además, yo he descubierto que la gente buena de verdad prefiere la sinceridad, aunque duela.

–Yo nunca le he mentido.

–Ya me imagino.

–Me ha pedido que salga con él unas doce veces…

–¿Y le has dicho que no doce veces? –rió Damien–. Ese hombre debe de tener la cabeza de cemento.

Emma apretó los labios.

–Sí, pero una vez visité a su madre en el hospital.

Ah, un corazón blando bajo el serio traje de chaqueta, pensó él. Una cualidad encantadora.

–¿Quieres que mire si está en mi lista de despidos?

Ella se llevó una mano al corazón.

–No, no. Yo no podría… No, por favor. Es un empleado estupendo, de verdad.

Damien la miró en silencio durante unos segundos y Emma carraspeó, nerviosa.

–Bueno, te dejo para que te comas el sándwich. Si necesitas salgo…

–Tú lo sabrás –dijo él.

Emma cerró la puerta del despacho, deseando que se la tragara la tierra.

Mortificada, se cubrió la cara con las manos. ¿Qué le pasaba? Ella se enorgullecía de su habilidad para mostrarse serena en cualquier situación. Y, sin embargo, con Damien Medici…

Había trabajado para Max De Luca, alguien a quien llamaban «el hombre de acero». A veces se había sentido intimidada, pero nunca había perdido los nervios.

Y para Alex Megalos, con quien tuvo que hacer uso de toda su discreción. Como había sido bastante mujeriego antes de casarse con Mallory James, Emma tuvo que lidiar con más de una novia celosa.

Pero en Damien había visto reflejos de humanidad, incluso de humor cuando esperaba que fuese un bloque de hielo. Y su fuerza, su complejidad, le resultaban atractivas, incluso seductoras.

Sorprendida, se regañó a sí misma:

–Eso es ridículo –murmuró.

Damien Medici iba a hundir la empresa Megalos-De Luca. Era el enemigo.

Capítulo Dos

A las siete de la mañana, Emma entró en el despacho de Max De Luca para informarle sobre el primer día de Damien Medici en la empresa. Y, como siempre, sintió una mezcla de nerviosismo y aprensión cuando miró al duro vicepresidente cuyo corazón se había ablandado gracias a su mujer, Lilli, y su hijo David.

–Lo único que sé es que ha empezado a hacer una lista de despidos y que ha pedido información sobre estos departamentos en concreto –Emma le entregó un informe.

–¿Y el ordenador?

–Está usando su propio ordenador portátil. Y usa un móvil personal para todas sus llamadas, salvo cuando quiere hablar con alguien de la empresa.

–Ya veo –murmuró Max, mirando los documentos–. Creo que empezará por despedir cargos intermedios.

Emma se mordió los labios.

–Sí, claro.

–Yo estoy de acuerdo en que MD debe recortar puestos de trabajo, pero quiero asegurarme de que no se corte nada que pueda ser vital en el futuro. Los cargos intermedios no es un mal sitio para empezar… mientras no se los cargue a todos –dijo Max.

–Pero a esas personas no va a hacerles ninguna gracia perder su empleo.

–Alex y yo estamos de acuerdo en que Medici no es el hombre adecuado para hacer este trabajo, pero James Oldham está decidido a ponerse del lado de los accionistas –suspiró De Luca–. Ha conseguido el puesto de presidente y está claro que piensa mantenerlo como sea, pero es el hombre más dictatorial que he conocido en mi vida –añadió, pasándose una mano por el pelo–. Así que sigue informándome. Nos vemos aquí el martes a la misma hora.

–Siento no poder contarte nada más.

Max sonrió.

–Medici no es tonto y está claro que no confía en nadie. Pero si descubres algo nuevo, llámame al móvil… o llama a Alex si no estoy localizable.

–Por supuesto –asintió Emma.

Unos segundos después tomaba el ascensor para bajar a su planta y, siendo tan temprano, le sorprendió ver luz bajo la puerta del despacho de Damien. No estaba cerrada del todo y podía oír su voz.

–Señor Oldham, si de verdad quiere que MD sea la primera empresa hotelera del país, tendrá que darme libertad para recortar gastos. Acepté este contrato por su promesa de dejarme hacer lo que me pareciese mejor. Si no va a ser así, puedo marcharme ahora mismo.

Emma abrió la boca, atónita. James Oldham era el presidente de Megalos-De Luca. Nadie se atrevía a hablarle en ese tono.

–Hemos hablado de eso muchas veces, señor Oldham. Entiendo que esté preocupado por la imagen que se pueda dar, pero si al paquete de despidos se añade un programa de asistencia a los empleados, la imagen de MD saldrá reforzada –Damien se quedó callado un momento–. ¿Cuál es su respuesta? ¿Me dará la libertad que había prometido o no?

Pasaron varios segundos en los que Emma contuvo el aliento. Si James Oldham le decía que no, no habría despidos. O, al menos, no los organizaría aquel hombre.

–Muy bien, imaginé que nos pondríamos de acuerdo –dijo Damien entonces. Y a ella se le encogió el corazón–. Estaremos en contacto –se despidió.

Emma intentó controlar un momento de pánico cuando oyó que se levantaba. No podía encontrarla cotilleando...

Rápidamente se acercó a su escritorio y empezó a canturrear mientras encendía el ordenador.

–Buenos días.

Aunque sabía que Damien estaba allí, al oír su voz se sobresaltó.

–Ah, hola. Has llegado muy temprano.

–Tú también.

Emma rezaba para que no pudiera leer sus pensamientos.

–Tengo un nuevo jefe que parece madrugar más que nadie.

–No espero que trabajes tantas horas como yo.

Me han descrito como un adicto al trabajo más veces de las que puedo recordar –sonrió Damien.

–¿Y lo eres?

–Nunca me ha dado miedo el trabajo. En realidad, es mi gran pasión. Mi amante.

–¿Y no prefieres compañía humana? –Emma se dio cuenta de que se había pasado de la raya e intentó dar marcha atrás–. Perdona, no es asunto mío.

–No, no lo es, pero yo podría hacerte la misma pregunta.

Ella pensó en su madre y en los problemas que había tenido por su afición al juego.

–Yo tengo una familia.

–Y yo también, tengo hermanos. Aunque volvimos a encontrarnos cuando ya éramos adultos.

Había algo muy erótico en esa mirada oscura, pensó Emma. Sospechaba que era la clase de hombre que podía obligar a una mujer a hacer lo que él quisiera. Y a disfrutarlo.

Le gustaría apartarse, darle la espalda, no sentir esa extraña atracción. Quería ser absolutamente profesional, fría, distante. Y lo sería.

–Muy bien. Perdóname, se me ha ido el santo al cielo. ¿Querías algo?

La mirada de Damien Medici parecía atravesar el traje de chaqueta e incluso quizá su ropa interior.

Emma contuvo el aliento.

–Sigo haciendo evaluaciones basándome en los informes que he recibido –contestó él–. Más tarde pediré información a otros departamentos.

Ella tuvo que dejar escapar el aire sin que se notase que había estado conteniéndolo.

–Muy bien, cuando los necesites sólo tienes que decírmelo.

Después de eso, Damien se dio la vuelta para entrar en su despacho.

–Cálmate –se dijo a sí misma.

La única diferencia entre aquel hombre y sus otros jefes era que Damien Medici la intimidaba más. Y era mucho más prohibido.

Al día siguiente, a la hora de comer, Lilli De Luca entró en la oficina con su hijo en brazos.

–¡Hola, Emma!

David, con su pelito rizado y sus ojos azules, levantó los bracitos al verla.

–Qué precioso es. ¡Pero mira cómo ha crecido! –exclamó ella, tomándolo en brazos–. ¡Estás enorme!

–No para de crecer –rió Lilli.

–Es tan simpático… –el niño se metió el puñito en la boca–. ¿Le están saliendo los dientes?

–Sí, ya empieza. Me han dicho que dentro de un par de meses se pondrá insoportable.

–Está para comérselo.

Lilli sonrió, orgullosa.

–Max está ocupado en una reunión, pero me ha dicho que si veníamos a visitarte te animarías un poco. ¿Qué tal va todo?

–Más o menos… –sonrió Emma.

Damien salió de su despacho en ese momento y, al ver al niño, levantó una ceja, sorprendido.

–Señora De Luca.

–Y David –sonrió Emma.

–Llámame Lilli. ¿Cómo estás?

–Bien, gracias. ¿Y tú?

–Muy ocupada con el niño. Pero veo que a ti te ha tocado la lotería con Emma.

–Sí, desde luego.

–Alex y Max llevan años peleándose para contar con ella como ayudante. Considérate afortunado.

–Por supuesto. ¿Éste es el hijo de Max?

–Sí, el rey de la casa.

Cuando Damien alargó una mano para tocar su barbilla, el niño se agarró con fuerza a su dedo.

–Vaya, es muy fuerte. Va a ser un campeón.

–¿Quieres tomarlo en brazos?

Él pareció titubear, pero cuando Emma puso al niño en sus brazos, instintivamente le sujetó la cabecita.

–Hola, pequeñajo –David lo miraba, sonriendo y haciendo burbujas de saliva–. Tienes un bonito nombre. Te imagino tirando una piedra y cargándote a un gigante.

–Un Goliat moderno –rió Lilli–. ¿Quién lo sería hoy en día?

–Ah, un pensamiento interesante –contestó él, devolviéndole al niño–. Encantado de volver a verte.

–Lo mismo digo –sonrió la rubia y alegre esposa de Max–. Tienes un trabajo difícil entre manos. No te envidio.

–Intento hacerlo lo mejor posible –sonrió Damien–. Emma, necesito los informes de varios departamentos, por cierto.

Más despidos, pensó ella, intentando disimular su aprensión.

–Voy a buscar mi cuaderno.

–Bueno, yo me marcho –anunció Lilli–. Me alegro de volver a verte, Emma. Llámame algún día, podríamos salir a comer.

–Lo haré. Y gracias por venir a verme.

Unos minutos después, cuando Damien ya le había dado la lista de departamentos de los que necesitaba informes y ella se dirigía de nuevo a su despacho, él la detuvo.

–Te veo muy pálida. No te gusta nada lo que estoy haciendo.

–Tú ves beneficios, yo veo a esa gente, a sus familias.

–Al final, los beneficios afectan a la gente y a sus familias.

–Sí, supongo que sí –asintió ella, cansada.

Damien la observó, en silencio.

–Tómate libre el resto del día, Emma.

–¿Qué? No, no puedo hacer eso.

–Claro que puedes. Llevo haciendo este trabajo el tiempo suficiente como para saber cuándo uno de mis empleados necesita un descanso, y tú lo necesitas. Vete de compras, échate una siesta, nada un rato. Haz lo que suelas hacer para relajarte.

Ella apoyó el cuaderno sobre las rodillas.

–No suelo ir de compras para relajarme. Nunca me echo la siesta y, en caso de que no te hayas dado cuenta, no estoy morena.

–Sí, me he dado cuenta –dijo él, con los ojos entrecerrados–. Pues encuentra alguna manera de relajarte, te hace falta –Damien miró luego la pantalla de su ordenador portátil, como dando por terminada la conversación.

Tenía razón, pensó Emma, a veces no sabía cómo relajarse.

–¿Y tú? ¿Cómo te relajas?

Él levantó la mirada, sorprendido.

–Yo no me relajo –contestó–. No me hace falta.

Emma no debería haber dicho nada más, pero no pudo evitarlo:

–Ah, entonces esto es el típico: «le dijo la sartén al cazo».

–Vete a casa –sonrió Damien.

–Muy bien –Emma se levantó–. Pero… le dijo la sartén al cazo. Hasta mañana.

Emma comprobó los mensajes del contestador al llegar a casa y suspiró al oír la voz de su madre. Parecía estar bien, pero nunca podía estar segura del todo, de modo que marcó el número de Missouri.

–Hola, mamá. ¿Cómo estás?

–Bien –respondió ella–. Hoy he estado trabajando en la farmacia de la tía Julia. Había una oferta de ibuprofeno, así que todo Missouri ha ido a comprar. Y te alegrará saber que no he vuelto a jugar.

–Me alegro mucho, sí.

–Pero esto es aburridísimo –protestó su madre.

Emma apretó los labios. Que su madre dijera «Esto es aburridísimo» era una señal de alarma. La

21

bandera roja que anunciaba el peligro de que volviera a jugar.

–¿Quieres que vaya a verte? Probablemente podría ir este fin de semana.

Kay soltó una carcajada.

–No, no me he metido en ningún lío, tranquila.

–¿Estás segura? Porque puedo...

–No, no. No tienes que dejarlo todo por mí, cariño. Nos veremos en junio. ¿Has salido con algún chico últimamente?

–No, qué va, tengo mucho trabajo –contestó Emma, intentando evitar el tema–. Tengo que acostumbrarme a mi nuevo jefe.

Aunque no estaba segura de que eso fuera posible.

–¿Es joven y guapo? A lo mejor podrías salir con él. Nunca he entendido por qué no salías con ninguno de tus jefes. Son todos jóvenes, guapos y ricos.

Su madre no lo entendía, desde luego.

–Mamá, para que las cosas vayan bien lo mejor es mantener la vida profesional y la personal separadas.

–¿Qué vida personal? Lo único que haces es trabajar e ir a clase. ¿Cuándo vas a hacer algo divertido?

Emma se mordió la lengua. No había tenido tiempo de divertirse debido a la afición de su madre al juego.

–Cuando haya terminado el máster. ¿Va todo bien en el apartamento? Me dijiste que tenías un problema con el triturador de basuras...

Colgaba diez minutos después, dejando escapar un suspiro. Su madre se había ido de Las Vegas tres años antes, después de que ella tuviera que sacarla de otro apuro económico debido a su adicción a los casinos. El objetivo era alejarla de la tentación y, por el momento, estaba funcionando, pero Emma sabía que no podía bajar la guardia.

Con su salario podría vivir en un lujoso ático, pero prefería ahorrar por si su madre volvía a caer en la tentación.

A veces eso la consumía de angustia y sólo encontraba alivio en el trabajo o en sus clases. Últimamente, sin embargo, había empezado a desear algo más. Nada de casinos para ella, afortunadamente, pero quizá alguna buena amistad, algo de compañía.

No había querido mantener relaciones sentimentales en parte por vergüenza por los problemas de su madre, pero habían pasado ya tres años desde el último incidente. Quizá debería salir más.

Emma se imaginó yendo de discotecas y la idea le produjo un escalofrío. Dedicarse a hacer la colada o ayudar a los demás era más fácil y más productivo, pensó.

A pesar de estar vigilando cada uno de los movimientos de Damien durante toda la semana, Emma mantenía su fachada profesional. Aunque su cicatriz la fascinaba y no dejaba de preguntarse cómo se la habría hecho. Y también se preguntaba por qué tendría callos en las manos y cómo sería una caricia suya.

Había algo despiadado y peligroso en Damien Medici que la intrigaba. Era, evidentemente, un depredador, de modo que debía de haber alguna mujer, o mujeres, en su vida. Su sexualidad era demasiado potente como para imaginarlo viviendo como un monje.

Agotada cuando llegó a casa al final de la semana, Emma se fue a la cama... y soñó con él. En el sueño, Damien clavaba en ella su mirada oscura antes de tomarla entre sus brazos y su corazón latía desaforado. Emma sabía que podía apartarse, pero no encontraba energía para hacerlo.

De repente, su torso desnudo se apretaba contra el suyo, la piel bronceada brillando a la luz de la luna, y sus pechos se hinchaban de deseo. Arqueándose hacia él, deseando esa firme boca sobre la suya abrió los labios, esperando, esperando...

La imagen se cerraba en negro.

Damien desaparecía.

Como si fuera un truco de magia, un segundo antes estaba allí y, de repente, se esfumaba. ¿Dónde había ido? ¿Por qué...?

Emma despertó de golpe, cubierta de sudor, con la sábana enrollada en la cintura. El ventilador del techo seguía encendido, pero ella estaba acalorada, excitada.

–Oh, no... –murmuró, tapándose la cara con las manos.

Era horrible estar pendiente de él en la oficina y

ahora, además, invadía sus sueños. Iba a tener que hacer algo drástico, decidió. Por ejemplo, aceptar la cita a ciegas en la que tan empeñada estaba Mallory Megalos.

Sí, necesitaba una distracción. Una distracción masculina, además.

Capítulo Tres

Una atípica tormenta caía sobre Las Vegas mientras Damien salía del aparcamiento de MD en su Ferrari. El deportivo era su coche favorito y sólo usaba otro durante una tormenta de granizo o cuando había nieve.

A un kilómetro y medio de la oficina, frenó en un semáforo y vio a alguien que se había quedado tirado a un lado de la carretera.

Y, cuando volvió a mirar, se dio cuenta de que la persona que llevaba el chubasquero amarillo era su ayudante, Emma. Después de hacerle un gesto al conductor que iba detrás para que lo pasase, giró el volante y detuvo el Ferrari detrás de ella.

–¿Necesitas ayuda?

Emma se dio la vuelta, sorprendida.

–¿Damien?

–¿Necesitas ayuda? –repitió él.

–No, no te preocupes. Sólo estaba comprobando si era algo sencillo como un cable suelto o algo así.

–¿Y?

–Y parece que voy a tener que llamar a la grúa –suspiró ella–. Te garantizan que llegan en una hora, así que esperaré dentro del coche. Pero gracias de todas formas.

–¿Cómo piensas volver a tu casa?

–Pues no lo sé…

–Llamaré a la grúa y te llevaré a casa. Venga, sube –dijo Damien, abriendo la puerta. Pero Emma vaciló–. Vamos, te estás empapando.

–Muy bien –dijo ella por fin, cerrando el capó antes de subir al Ferrari–. Vaya, te he mojado el asiento.

–Se secará, no te preocupes –Damien se encogió de hombros. Y, al hacerlo, se dio cuenta de que Emma lo miraba con cierta atención. Con mucha más atención que en la oficina.

Durante aquella semana se había mostrado distante con él y pensó que era debido a su antipatía hacia alguien cuyo trabajo consistía en despedir gente. Ahora no estaba tan seguro.

El móvil de Emma empezó a sonar y Damien vio que hacía una mueca al mirar la pantalla.

–Lo siento mucho… mi coche me ha dejado tirada. ¿Puedo ir en otro momento? Hoy no me va a dar tiempo… Muy bien, el próximo miércoles a las seis y media, de acuerdo.

–¿Seguro que no puedo llevarte donde tengas que ir? –le preguntó Damien mientras ella guardaba el móvil en el bolso.

–No, tengo un vale que me regalaron en mi cumpleaños para un cambio de imagen. Ya sabes: peluquería, maquillaje… y había decidido usarlo por fin.

–¿Por qué? Yo te encuentro muy bien como estás.

Emma se puso colorada.

–Gracias, muy amable. He pensado que es un buen momento para hacer algunos cambios…

–¿Por fin vas a salir con Brad?

–No, pero Mallory Megalos lleva años intentando organizarme una cita a ciegas. Puede que lo lamente, pero en fin… ¡Ah, mira, aquí llega la grúa!

–¿Tienes algún taller de confianza? –le preguntó Damien, abriendo la puerta.

–No hace falta que salgas, no tienes por qué mojarte tú también.

–He estado en situaciones perores, tranquila. Dame las llaves y quédate aquí. ¿Cómo se llama el taller?

–Es el taller de Ray Holger, al lado de la oficina –contestó Emma, aunque con evidente desgana.

Emma se quedó sentada en el Ferrari, echando humo. Si el objetivo había sido alejarse de Damien para dejar de pensar en él día y noche, acababa de cargarse los pequeños progresos que había hecho esa semana.

Era un hombre imponente, impresionante… y estar sentada a su lado en el interior de un coche sólo empeoraba la situación.

Damien volvió poco después pasándose una mano por el pelo mojado. Tenía gotas de agua en los pómulos y Emma tuvo que cerrar las manos para no tocarlo. Pero, a unos centímetros de él, no pudo evitar admirar la sensual curva de sus labios.

Respiró profundamente para aclarar su cabeza

pero, en lugar de eso, lo que consiguió fue inhalar una mezcla de su colonia, el cuero de los asientos y la lluvia. Y, no sabía por qué, pero le parecía una combinación irresistible.

–Ya está todo solucionado. Te llamarán mañana del taller.

–Gracias.

–¿Has cenado ya?

–No, pero…

–Yo tampoco. ¿Quieres que comamos algo?

–No, gracias. Ya has hecho más que suficiente por mí.

–Todos tenemos que comer, ¿no? A menos que tengas otros planes…

–No –murmuró Emma.

–Muy bien. ¿Te gusta el pescado?

–Me encanta.

–A mí también –sonrió Damien, arrancando el Ferrari.

La llevó a uno de los restaurantes más exclusivos de Las Vegas y los aparcacoches, al ver el lujoso deportivo, se empujaron unos a otros para abrir la puerta.

–Bienvenidos –los saludó el más rápido.

–Me llamo Medici. Trátalo bien –sonrió Damien, tirándole las llaves.

–Como si fuera mi hijo –rió el joven.

–No sé si voy vestida de forma adecuada –protestó Emma–. Dijiste que íbamos a cenar, pero no esperaba un restaurante tan elegante.

–¿No te gusta?

–¿Cómo no va a gustarme? –sonrió Emma, admirando la sofisticada decoración y la más sofisticada clientela–. Nunca había estado aquí.

–¿Y vives en Las Vegas? Incluso yo conocía este sitio y soy nuevo en la ciudad.

–Olvidas que yo llevo mi almuerzo a la oficina –rió ella.

Un segundo después, el maître los acompañaba hasta una discreta mesa desde la que podían ver el patio del restaurante.

–Esto es precioso, pero te va a costar un dineral...

–No te preocupes por eso. Para mí será muy agradable mirar algo que no sea un informe económico mientras como.

–No creo que tuvieras ningún problema para encontrar compañía.

–Pero no sería tan agradable como tú –sonrió él, mirando la carta de vinos–. ¿Blanco o tinto?

–Me da igual.

–¿Cuál te gusta más? –insistió Damien.

–El blanco.

–Estupendo.

La luz de las velas iluminaba la cicatriz de su cara y, aunque no quería mirar, esa marca no dejaba de capturar su atención.

Cuando por fin les sirvieron el vino, Damien levantó su copa:

–Por la tormenta, los problemas mecánicos y el gusto por el pescado.

Ella asintió con la cabeza mientras brindaban.

–Lo mismo digo... Ah, qué rico.

–He visto que mirabas mi cicatriz –dijo él entonces.

Emma, que estaba bebiendo un poco de vino, se atragantó y estuvo tosiendo unos segundos.

–Lo siento –se disculpó por fin–. Es una grosería por mi parte, pero…

–No, en absoluto. Es curiosidad natural.

A ella no se le ocurrió ninguna respuesta, de modo que no dijo nada.

–Te preguntas cómo me la hice, ¿verdad?

–No es asunto mío.

–No, claro, pero quieres saberlo de todas formas. ¿Cómo crees que me la hice?

Emma parpadeó, confusa. ¿Cómo iba a saberlo? Pero lo había imaginado. De hecho, había inventado varias situaciones. ¿Se atrevería a decirlo en voz alta?

–Venga, dime cómo crees que me la hice.

–Tuviste una pelea en un bar y un borracho se lanzó sobre ti con una botella rota.

Sonriendo, Damien se llevó la copa a los labios.

–¿Y quién gano la pelea?

–Tú, claro –sonrió Emma–. O, en tu época de pirata, alguien te cortó la cara con una espada.

–Ah, eso me gusta más –rió Damien–. ¿Cómo escapé del barco?

Ella se encogió de hombros.

–Te lanzaste por la borda y volviste a nado a la orilla. Me encanta Johnny Depp en esas películas de piratas.

–¿Alguna otra idea?

–Te encontraste con un maleante en un callejón… que te cortó con una navaja porque le habías robado la novia.

–Ah, muy bien –murmuró Damien–. ¿No era yo el maleante?

–Bueno, en cierto sentido lo eras porque le robaste la novia.

–¿Crees que soy un maleante?

–No, era una broma.

–La primera sugerencia es la más acertada. Tuve una pelea con uno de mis primeros padres de acogida porque estaba pegando a su mujer. Entonces yo tenía trece años y él tenía una botella de cerveza.

–¿Y qué pasó?

–Conseguí que no siguiera pegándola, pero me enviaron a otra casa de acogida.

–Qué horror.

Damien se encogió de hombros.

–Sobreviví a mi infancia, que es lo más importante. No todo el mundo lo consigue.

Emma no pudo dejar de preguntarse qué otras cicatrices invisibles tendría aquel hombre. Que a los trece años hubiera querido proteger a su madre de acogida había sido un gesto heroico, pero a cambio no recibió ninguna recompensa.

–Ahora te he asustado.

–No, no es eso. Pero que tuvieras que pasar por algo así siendo un adolescente me parece horrible.

–Tienes un corazón tierno. Tu madre debió de quererte mucho.

–Bueno, hizo lo que pudo –contestó Emma.

Damien arrugó el ceño y ella se vio obligada a explicar:

–Algunas personas tienen un problema con la bebida, ¿no? Pues mi madre tiene un problema con los casinos. Es una jugadora compulsiva.

–Vaya, tampoco tú lo has tenido fácil entonces.

–Y sigo sin tenerlo fácil. Afortunadamente, ya no vive en Las Vegas y ése es un buen principio. Pero ya está bien de contar penas. ¿Dónde vives normalmente?

–He estado algún tiempo en Minnesota. Me dedicaba a construir casas para personas con pocos medios.

–¿En serio?

–Sí.

–Ah, ahora entiendo que tengas callos en las manos.

–Te has fijado –sonrió Damien.

Estaba mirándola a los ojos y Emma se quedó sin aliento durante un segundo.

–Sí, la verdad es que sí.

–Mi trabajo consiste en deshacerme de gastos excesivos y, para contrarrestar, luego ayudo a levantar algo. Es una combinación adecuada, supongo.

Le sorprendía que aquel hombre sintiera la necesidad de construir algo, porque parecía implacable, inflexible.

–Eres muy expresiva, Emma. Y pareces sorprendida.

–Sí, bueno, es que estoy sorprendida –dijo ella, molesta por su percepción–. Pensé que eras descendiente de uno de esos piratas de los que hablábamos. No imaginaba que alguien que se dedica a despedir gente sin parpadear pueda estar interesado en algún proyecto benéfico... –Emma se llevó una mano al corazón–. Lo siento, no debería haber dicho eso.

Damien sonrió.

–Me habían dicho que eras discreta y respetuosa. ¿Es así como hablas siempre con tus jefes?

–No –ella sacudió la cabeza–. Suelo ser muy discreta. Pregúntale a Alex Megalos o a Max De Luca. Y siempre he sido respetuosa. Eres tú... Esto es absurdo. No debería estar aquí y quizá no debería seguir siendo tu ayudante –Emma se levantó, nerviosa.

–Siéntate, por favor. Están a punto de traernos la cena y no hay necesidad de desperdiciar una buena cena sólo porque creas que me como a los niños para desayunar.

–Lo de los niños podría ser una exageración –dijo Emma, sentándose de nuevo.

–Muy bien. Entonces, a guapas ayudantes que siempre dicen la verdad.

Acababa de decir que era guapa y eso hizo que sintiera una inexplicable alegría. Pero era absurdo. Además, se sentía como una agente doble. Había juzgado mal a Damien y él, poco a poco, estaba echando por tierra todos sus juicios. Y también debía de estar volviendo locas a sus hormonas, porque no podía dejar de preguntarse cómo sería un beso de aquel hombre.

El camarero llevó sus platos e hizo las consiguientes «presentaciones» con muchas palabras en francés.

–Bueno, háblame de ti –dijo Damien después–. Siento curiosidad.

–No hay mucho que contar, la verdad. Mi vida es muy aburrida.

–¿Cuál es tu música favorita?

–Fergie, Michael Bublé, Van Morrison, Delbert McClinton…

–Van Morrison y Delbert McClinton no tienen nada que ver.

–Pero los dos son maravillosos, no hace falta que tengan algo que ver.

–Ah, eso me gusta.

Lo decía como si la encontrara interesante, quizá incluso fascinante. Eso era tan embriagador como una copa de champán, pero Emma estaba decidida a no dejarse llevar. Tenía que concentrarse en su plato, pensó, no en el hombre que tenía enfrente.

Dos horas después, cuando la tormenta había cesado, Damien la llevó a su modesto apartamento a las afueras de la ciudad.

–Los de mantenimiento deberían reparar la luz del portal –dijo él, apagando el motor del Ferrari.

–Se lo recordaré mañana –sonrió Emma–. Gracias por todo. Por rescatarme y por invitarme a cenar.

–De nada. Te acompaño.

–No hace falta, vivo en el primer piso.

–No sería un caballero si no te acompañase a la puerta –insistió Damien.

–Pensé que habíamos quedado en que eras un pirata, no un caballero.

–Te acompaño a la puerta de todas formas.

Emma suspiró. Ojalá no lo encontrase tan increíblemente atractivo, tan fascinante. Pero cuando le abrió la puerta del Ferrari y le ofreció su mano para salir de él, el calor que emitía era una tentación... una tentación contra la que debía luchar, se recordó a sí misma.

Nerviosa cuando él puso una mano en su espalda, buscó la llave en el bolso y sólo cuando, por fin, abrió el portal, pudo respirar tranquila.

–Gracias otra vez –murmuró.

–De nada.

Deseando escapar, Emma se lanzó hacia delante sin recordar el escalón del portal y tropezó como una tonta...

Estaba segura de que iba a caerse de bruces, pero Damien la sujetó en el último momento, apretándola contra su torso.

«Contrólate», pensó, con el corazón en la garganta.

Pero cuando puso una mano sobre su antebrazo para apartarlo, se quedó momentáneamente distraída por la firmeza de sus músculos.

–¿Te has hecho daño?

Emma tardó un momento en contestar:

–No, no, estoy bien. No me acordaba del escalón... gracias otra vez –dijo apartándose–. Nos vemos mañana.

–¿Cómo piensas ir a la oficina?

–Pues...

–Yo puedo venir a buscarte. ¿Las siete y media te parece bien?

–No hace falta. Yo puedo…

–¿Tienes otro coche? Porque te recuerdo que el transporte público en Las Vegas es prácticamente inexistente.

–Por el momento no, pero…

–Entonces, no hay ninguna razón para que rechaces mi oferta, ¿verdad?

Esa mirada oscura podría derretir acero, pensó. Y ella no era de acero.

–No, supongo que no –tuvo que rendirse por fin–. Nos vemos mañana. Buenas noches, Damien.

Cuando entró en casa cerró la puerta y se apoyó en ella, intentando llevar aire a sus pulmones.

Capítulo Cuatro

Al día siguiente, Damien llegó frente a su apartamento en el coche justo antes de que ella abriera la puerta.

Como siempre, ella llevaba un traje de chaqueta, esta vez con pantalón, y una blusa blanca debajo. El sedoso pelo castaño apartado de la cara destacaba sus delicadas facciones y el contraste de los rosados labios con su pálida piel.

Aunque Damien sospechaba que había elegido el pantalón para esconder sus bonitas piernas, podía ver una promesa de feminidad bajo ese atuendo tan profesional: unos hombros delicados, pechos de cumbres rosadas, un poquito más oscuras que sus labios, cintura estrecha, caderas redondeadas y unas piernas largas y suaves que podían cerrarse alrededor de un hombre y…

Damien tuvo que carraspear mientras le abría la puerta del coche.

–Buenos días.

–Buenos días –lo saludó Emma–. Gracias por venir a buscarme.

Mientras daba la vuelta al coche notó que ella lo miraba. Era como si le costase trabajo apartar los ojos de él y eso lo complacía enormemente.

Emma Weatherfield lo intrigaba más cada día.

Quería sacarle información sobre Max De Luca y Alex Megalos, pero ahora que sabía que se sentía atraída por él, había decidido también satisfacer su curiosidad. En la cama.

En MD no había reglas contra la confraternización entre empleados, de modo que no había razón para que no pasaran un buen rato.

–¿Has dormido bien? –le preguntó.

Ella lo miró de reojo.

–Lo suficiente. La verdad es que no necesito muchas horas de sueño.

–Yo tampoco. Y eso ayuda cuando eres un adicto al trabajo.

–¿Anoche estuviste trabajando?

–Un rato –asintió él–. Para poder hacer recortes de personal antes hay que colocar muchas cosas en su sitio.

–¿Por ejemplo?

–Por ejemplo, hay que calcular las indemnizaciones, crear un programa de asesoría para informar sobre cómo se pueden solicitar las prestaciones por desempleo y las posibilidades de trabajo en otras ciudades. A pesar de que la gente crea que soy un pirata despiadado, alguien sin consideración hacia los demás seres humanos, sé que hay una manera correcta y otra incorrecta de hacer mi trabajo.

Ella asintió con la cabeza.

–Aunque los recortes sean absolutamente necesarios, esos empleados necesitarán que alguien les eche una mano. Y no me gustaría ser yo quien tuviera que darles la noticia.

–Con ese corazón tan blando te resultaría imposible. Pero hay maneras de hacerlo más fácil.

–¿Ah, sí? No sé cómo.

–Hacerlo de manera rápida, por ejemplo, explicando claramente cuál es la razón por la que ya no se requieren sus servicios. Incluso hay días de la semana en los que no es conveniente hacerlo.

–¿Qué días?

–Un viernes, por ejemplo. El empleado tiene todo el fin de semana para darle vueltas a la cabeza, sin oportunidad de recibir apoyo.

–Haces que un despido parezca casi humano –dijo Emma, irónica.

–Mi trabajo no consiste en destrozar vidas –respondió Damien.

Pero luego pensó en Max De Luca. Sí, estaba dispuesto a destrozar su vida, pero sólo para devolverle lo que su familia le había hecho a los Medici años atrás.

Media hora después, Damien estaba hablando por teléfono con uno de sus contables cuando oyó voces en el despacho de Emma.

–¡Es un canalla que se dedica a destrozar la vida de la gente! Lo único que quiero es hablar un minuto con él…

Sorprendido, se levantó a toda prisa para abrir la puerta. Emma estaba de pie en medio del despacho, intentando contener al intruso.

–Señor Harding, el señor Medici está ocupado ahora mismo. No puede recibir visitas y…

–Yo soy el señor Medici –la interrumpió Damien, colocándose delante de ella y haciéndole un gesto con la mano para que se apartase.

–¡Usted! –gritó el hombre, señalándolo con el dedo–. ¡Usted va a destrozar esta empresa!

–No tengo la menor intención de destrozar Megalos-De Luca, al contrario. Perdone, pero creo que no nos conocemos. Mi nombre es Damien Medici, ¿cuál es el suyo?

El hombre parpadeó, sorprendido por su amistosa actitud.

–Soy Fred Harding y he oído que mi nombre está en la lista de despidos. ¿Cómo voy a mantener a mi familia si me despiden?

–La lista no está terminada todavía. Pero si es usted uno de los despedidos, recibirá la indemnización correspondiente y, además, información sobre cursos de reciclaje, asistencia para solicitar prestaciones por desempleo...

–¡Nada de eso es suficiente! –lo interrumpió Harding.

–Lo sé, pero debo decirle que, para mucha gente, lo que parece una tragedia acaba siendo un cambio positivo en sus vidas. No sé si su puesto de trabajo está en peligro, señor Harding, pero usted podría ser una de esas personas...

–Ya lo veremos –suspiró el hombre, resignado.

–Buena suerte –dijo Damien entonces, ofreciéndole su mano.

–Gracias, me hará falta.

Cuando desapareció, Emma dejó escapar un suspiro de alivio.

–Pensé que iba a tener que llamar a los de seguridad.

–Yo también –murmuró él–. Y tengo que hablar con el consejo de administración. Los vicepresidentes querían que todo se hiciera de manera discreta, pero la inseguridad está poniendo nervioso a todo el mundo y la productividad acabará por los suelos. Este tipo de cosas no se pueden mantener en secreto. Un ayudante, un empleado de la cafetería o alguien de la limpieza podrían empezar a extender rumores...

–¿Y?

–Quiero que se haga un anuncio a todos los empleados informando sobre la reorganización. Hay que decirles que se eliminará la menor cantidad posible de empleos, pero que los cortes empezarán dentro de tres semanas.

–¿Tan rápido?

–Según Fred, no es suficientemente rápido –suspiró Damien–. Además, voy a pedir seguridad en esta planta. No quiero que tú tengas que hacer de guardaespaldas. Si recibes alguna amenaza, aunque sea por teléfono o por correo electrónico, quiero que me lo digas inmediatamente. Mientras tanto, la política de puertas abiertas se ha terminado. A partir de ahora, cierra con llave.

Emma se mordió los labios.

–De acuerdo.

Damien volvió a su despacho y ella se dejó caer en el sillón. Odiaba admitirlo, pero se había asustado cuando vio a Fred Harding tan furioso. Por su experiencia con los acreedores de su madre, sabía que la gente desesperada usaba medidas desesperadas para protegerse. O medidas irracionales.

Pero era asombroso que Damien hubiese logrado calmar a aquel hombre. Se había colocado delante de ella sin pensarlo un momento... ¿y si Harding hubiera llevado un arma?

Que se hubiera mostrado tan protector la conmovió. Intentaba recordar si otro hombre había hecho lo mismo alguna vez, pero estaba segura de que no era así.

Decidida a calmarse, se sirvió una taza de café y encendió el ordenador. Pero la imagen de su fuerte espalda y de la voz baja, pero firme que había usado con Harding estaba grabada a fuego en su cerebro.

Damien Medici era la clase de hombre que hacía que otros diesen un paso atrás por una cuestión de simple personalidad. Exudaba confianza, seguridad en sí mismo.

–¿Has cerrado la puerta?

–¿Eh? No, no... ahora mismo la cierro –Emma iba a levantarse, pero Damien la sujetó por la muñeca.

–¿Estás bien?

–Sí, es que me ha pillado desprevenida. No es algo que ocurra todos los días.

–No voy a dejar que nadie te haga daño –dijo él entonces.

Un temblor la sacudió de la cabeza a los pies. Sabía con total certeza que aquel hombre la protegería y ése era el sueño que había mantenido en secreto durante años... la fantasía de que un hombre se quedase a su lado para siempre, en los buenos y en los malos tiempos.

Estaban hablando de trabajo, se recordó a sí misma. No era nada personal.

Pero esa mano en su muñeca sí era muy personal. O quizá deseaba secretamente que lo fuera.

Sorprendida por la dirección de sus pensamientos, se apartó.

–Con un poco de suerte, eso no será necesario.

–No lo será –asintió Damien–. Y si ya estás recuperada…

–Lo estoy.

–Entonces, me gustaría que redactases una carta para todos los empleados hablando de los planes de reorganización. Cuando la hayas terminado se la mostraré al consejo de administración y la enviaremos mañana mismo.

Emma parpadeó, sorprendida.

–Muy bien, pero necesito saber algunos detalles.

–Te los he enviado por e-mail –dijo Damien mientras cerraba la puerta con llave.

El tamaño de la habitación pareció reducirse de inmediato y, cuando se acercó a ella, Emma se quedó sin oxígeno. ¿Estaba atrapada allí con Satanás o con el hombre de sus sueños?

–Voy a estar hablando por teléfono durante una hora, pero si tienes algún problema, no dudes en interrumpirme.

***

Intentando controlar la horripilante sensación de estar ayudando al enemigo, Emma redactó una carta y la revisó dos veces. Pero no era capaz de deshacer el nudo que tenía en el estómago.

Debía informar a Max y Alex, pero sólo podría hacerlo durante la hora del almuerzo, de modo que salió de su despacho unos minutos antes de lo habitual, dejando una nota sobre el escritorio de Damien, y subió a la planta ejecutiva. Pero Max no estaba en su oficina. Y tampoco Alex.

Los llamó al móvil, pero en ambos casos saltó el buzón de voz. Nada, imposible. Cuando terminó su hora del almuerzo volvió a pasar por el despacho de los vicepresidentes, pero ninguno de los dos había vuelto y, desesperada, se dirigió al ascensor.

Afortunadamente, Alex Megalos salía de él en ese momento.

–Hola, Emma. Mallory me ha pedido que confirme si vas a acudir a la cena benéfica que organiza dentro de dos semanas.

–Ah, sí, la tengo anotada en mi agenda –Emma miró su reloj–. ¿Tienes un minuto?

–Sí, claro. ¿Qué querías?

–Hablar un momento contigo, pero en tu despacho.

Alex debió de darse cuenta de su nerviosismo, porque se puso serio de repente.

–Sí, claro –murmuró, acompañándola a su despacho–. Marlena, no me pases llamadas –le dijo a su secretaria antes de cerrar la puerta–. ¿Alguna noticia?

Ella asintió, con un nudo en la garganta. Por un lado, le debía lealtad a Alex y Max; por otro, Damien era su nuevo jefe y creía estar haciendo lo mejor para MD.

–Damien va a hablar con el consejo de administración. Está decidido a enviar una carta a los empleados informando sobre la reorganización y creo que piensa empezar a despedir gente dentro de tres semanas.

Alex la miró, sorprendido.

–No sabía que fuera a hacerlo tan rápido.

–Yo tampoco, pero tiene ideas muy específicas sobre cómo anunciar los despidos… incluso el día de la semana que deben hacerse.

–¿Qué?

–Parece preferir un martes o un miércoles para que la gente pueda acceder a los servicios de apoyo.

–¿Cómo va a progresar MD con esos recortes? Sí, los beneficios han bajado un poco, pero le está ocurriendo a todo el mundo. Si empezamos a despedir gente, se creará una ola de pánico, pensarán que hemos perdido activos, que no estamos a la altura. Y así es imposible aumentar los beneficios.

–A menos que alguien del consejo diga eso mismo, me temo que va a ocurrir –suspiró ella–. Siento no tener mejores noticias.

–No –dijo Alex–. Has hecho lo que tenías que hacer. Sigue informándonos.

Emma había pensado que podía hacer ese trabajo sin que la afectase, pero la verdad era que se sentía como partida en dos.

Distraída, pulsó el botón del ascensor. Unos segundos después las puertas se abrieron… y se encontró cara a cara con Damien Medici.

Damien notó que pasaba algo al ver el brillo de culpabilidad en sus ojos azules. Pobrecilla, era una agente doble espantosa.

–Señorita Weatherfield –murmuró, recordando que habían quedado en no tutearse en público–. Qué sorpresa encontrarla en la planta ejecutiva.

–Sí, yo… El señor Megalos quería hablarme de una cena benéfica que organiza su mujer.

Damien asintió, aunque sabía que no era verdad. Había subido allí para contarle a Alex lo que pensaba hacer. Como si él pudiera hacer algo al respecto.

–¿Qué cena benéfica?

–Creo que es para la investigación sobre el cáncer. Es un sábado, dentro de dos semanas.

–Yo he querido participar en algún acto benéfico desde que llegué a Las Vegas, pero he estado muy ocupado. ¿Te importaría que fuese contigo?

Emma abrió la boca, pero ningún sonido salió de ella hasta que, por fin, se aclaró la garganta.

–Pues yo…

–A menos que vayas a ir con alguien, claro.

–No, pero…

–¿Pero?

–Tengo que ayudar a Mallory, que es quien organiza la cena. No podría prestarte atención y…

–No te preocupes por eso –la interrumpió Damien–. Yo puedo cuidar de mí mismo. ¿Entonces tenemos una cita?

Emma se mordió los labios.

–Supongo que sí. Bueno, tengo que volver a mi despacho, Dam… señor Medici.

Damien la vio entrar a toda prisa en el ascensor y, cuando las puertas se cerraron, se quedó allí un momento. No le sorprendía que informase a sus jefes. Eso era algo que le había pasado en muchas ocasiones.

Pero su expresión culpable era una señal prometedora. Significaba que estaba empezando a plantearse cuáles eran sus lealtades, que estaba viviendo un conflicto, lo cual significaba que no lo veía como el canalla que iba a cargarse Megalos-De Luca.

Significaba que aún podía ponerla de su lado.

Ella tenía la información que necesitaba para hundir a Max De Luca. Emma era muy inteligente y su serena actitud animaba a hacerle confidencias. Y Damien estaba seguro de que conocía los secretos sobre sus jefes.

Secretos que él pensaba averiguar. Haría lo que hiciera falta para conseguir su colaboración, incluso seducirla si fuera necesario.

De hecho, seducir a Emma Weatherfield podría ser el gran beneficio de aquella operación.

Capítulo Cinco

Emma se pasó todo el fin de semana limpiando y relimpiando su apartamento, pero seguía sintiéndose sucia. Sospechaba que era una respuesta al estilo lady Macbeth al subterfugio que había tenido que usar en la oficina porque le costaba trabajo mirarse al espejo y mucho más mirar a Damien a los ojos el lunes por la mañana.

¿Sería su imaginación o la rozaba más a menudo aquel día? ¿Lo de poner su mano sobre la suya en el picaporte habría sido un accidente?

Lo único que quería era mantener una actitud distante y profesional con él. ¿Por qué su mente persistía en imaginarlo sin camisa, el torso apretado contra su pecho, sus fuertes brazos rodeándola? ¿Por qué tenía que hacer un esfuerzo para apartar la mirada de sus labios?

Nada de aquello tenía sentido. Había sido la ayudante de dos hombres tremendamente atractivos. ¿Por qué Damien la afectaba de tal manera? Era como si, de repente, se hubiera convertido en una devoradora de hombres; sólo que su objetivo era uno en concreto.

Afortunadamente, encontró una distracción y se agarró a ella con las dos manos. Habían llamado de la peluquería para decir que tenían una cancelación de última hora y, durante la pedicura, recibió una llamada de Mallory, que le había organizado una cita a ciegas para el día siguiente.

A Emma le daba igual que el tipo fuera un psicópata, necesitaba pensar en algo que no fuese Damien Medici.

Mirándose al espejo después de la sesión de maquillaje y peluquería se quedó asombrada por la transformación. Con unos reflejos dorados en el pelo, sombra oscura en los ojos y un brillo frambuesa en los labios estaba… estupenda.

Aunque no estaba segura de poder hacer lo mismo ella sola, haría lo que pudiese al día siguiente, antes de su cita con el amigo de Mallory.

Al día siguiente, entró en la oficina con una bolsa que contenía la ropa que iba a ponerse para su cita y una bolsita de cosméticos. Oyó a Damien hablando por teléfono en su despacho, pero la conversación terminó enseguida, de modo que no pudo averiguar nada.

—Buenos días —la saludó, entrando en el despacho.

—Buenos… ¿qué te ha pasado? —exclamó Emma al ver que llevaba la mano izquierda vendada.

—Un pequeño accidente. Estaba dándole instrucciones básicas de construcción a unos adolescentes cuando alguien dejó caer una sierra desde la planta de arriba. Yo intenté sujetarla para que no se cortase nadie…

—Y te cortaste tú.

–Sólo han tenido que darme unos cuantos puntos. Sobreviviré, tranquila.

–Seguro que te han ofrecido algún analgésico y tú te has negado a tomarlo.

Damien sonrió.

–No me hacía falta.

–No, claro. Seguramente tienes que masticar cristales para estar contento.

–Hoy estás de mal humor –rió él–. ¿Alguna razón en especial?

–No, ninguna razón –respondió Emma, contenta por tener una cita esa noche. Una cita que, con un poco de suerte, la ayudaría a olvidarse de su jefe, aquel hombre que aparecía en todas sus fantasías.

–Llevas el pelo diferente.

–Ah, muy observador. Me lo corté ayer.

–Pero no es sólo eso. Hay algo más.

–La peluquera decidió ponerme unos reflejos –murmuró ella, incómoda bajo la atenta mirada masculina.

–Muy bonito. Pero antes también estaba bonito –sonrió Damien–. Y pensé que tenías que ir el miércoles.

Se acordaba, pensó ella, sorprendida.

–Me llamaron para cambiar la cita.

–¿Qué más te han hecho además de cambiarte el pelo?

Emma se aclaró la garganta.

–También me han enseñado a maquillarme y me han dicho qué tipo de ropa me queda bien. Pero el maquillaje es más apropiado para la noche y... –de repente, se quedó callada–. No creo que éste sea un tema muy apropiado para la oficina. ¿Querías pedirme algo?

–Sí, necesito un informe sobre el hotel de San Diego.

–Muy bien, voy a buscarlo. ¿Quieres hablar con el vicepresidente encargado de ese departamento?

–Sí, en este caso, sí. Pero lo llamaré yo mismo.

–Como quieras. ¿Alguna cosa más?

–No, ahora mismo no quiero nada más.

Sin darse cuenta, ella dejó escapar el suspiro que había estado conteniendo.

–Estás disgustada.

–¿Por qué iba a estar disgustada? –Emma intentó disimular, pero estaba molesta. ¿Por qué no podía mostrarse tan serena como siempre? Eso nunca había sido un problema para ella.

–¿Alguna posibilidad de que contestes a una pregunta sin hacer otra pregunta? –bromeó él.

–¿Por qué dices eso?

Damien soltó una carcajada.

–¿Por qué has suspirado cuando te he dicho que no tenía más trabajo que darte por el momento?

Maldición. Debería haber contenido el aliento.

–De haber sabido que tendría tan poco trabajo me habría apuntado a un curso este semestre. Me siento culpable teniendo tan poco que hacer.

–Estás disgustada porque no te doy trabajo.

–¿Tú estarías contento?

–Sí, bueno, puede que tengas razón –suspiró Damien–. Quiero que eches un vistazo al informe de resultados, gastos, salarios, beneficios... todo lo relativo al hotel de San Diego. Y quiero que tú hagas las recomendaciones para recortar empleos.

–¿Cómo?

–Y quiero que me hagas esas recomendaciones en dos días como máximo.

–¿En dos días?

–¿Algún problema? Estás entrenada para leer un informe económico, ¿no?

–Sí, pero...

–Si no estoy mal informado, tienes un título en Administración de empresas y creo que este encargo te ayudará a ver las cosas con otra perspectiva.

Emma tardó un momento en contestar:

–Muy bien, ningún problema.

Después lo vio entrar en su despacho, su ancha espalda distrayéndola...

Enfadada, sacudió la cabeza mientras se dejaba caer en el sillón. Eso era lo que le pasaba por bajar la guardia. Damien esperaba que hiciera sugerencias para despedir gente. ¿Cómo iba a hacer ella eso?

Horas después, saltándose la hora del almuerzo, decidió que no podía más. Había empezado el estudio económico del hotel de San Diego y puesto una X al lado de algunos nombres... que borró inmediatamente.

En cuanto decidía eliminar un puesto de trabajo empezaba a pensar en la persona que lo ocupaba, imaginando lo que sentiría cuando le dijeran que se había quedado en la calle... y no podía hacerlo.

Distraída, miró su reloj y se quedó sorprendida

por lo tarde que era. ¡Tenía que encontrarse con el amigo de Mallory en media hora! Y, aunque no había hecho ningún progreso en el informe, debía marcharse. Con un poco de suerte, después de unas cuantas horas de sueño al día siguiente tendría la mente más despejada.

Mientras tanto, lo importante era recordar cómo pintarse los ojos, pensó, tomando la bolsa de cosméticos para ir al lavabo.

Veinte minutos de sudores después, se puso el vestido negro, que mostraba un poco más de escote del que ella solía enseñar, y volvió al despacho para apagar el ordenador.

Damien levantó la mirada del ordenador y movió la cabeza de lado a lado. No era raro que le doliese el cuello, porque solía estar concentrado en columnas de cifras durante horas, pero había descubierto que lo mejor para evitar el dolor de cervicales era parar de vez en cuando. De modo que se levantó, abrió la puerta que daba al despacho de Emma... y se quedó inmóvil.

Aquella mujer con zapatos de tacón de aguja y un vestido negro que se ajustaba a sus curvas, en particular a las curvas traseras, lo pilló completamente desprevenido.

–¿Emma?

Ella se volvió, sorprendida.

–Ah, hola, no sabía que estuvieras ahí.

Damien admiró esos ojos tan azules, el tentador brillo de sus labios...

–¿Una ocasión especial?

Emma se encogió de hombros y el gesto llamó su atención sobre los generosos pechos. No había notado que tuviese unos pechos tan… atractivos.

–Una cita a ciegas que me ha organizado Mallory. Ya veremos.

–Una cita… ¿Ha habido otras?

–No, es la primera. Mallory me tiene mucho cariño y está convencida de que soy un tesoro por descubrir. Bueno, tengo que irme –Emma sonrió, colgándose el bolso al hombro–. Nos vemos mañana.

–Sí, claro. Que lo pases bien.

–Eso espero.

Mientras salía de la oficina, Damien no podía dejar de admirar el tentador movimiento de sus caderas…

No podía dejar de imaginarse a sí mismo sujetando esas caderas, acariciando sus pechos, enterrándose entre sus muslos en el más húmedo e íntimo abrazo posible…

Al notar que tales pensamientos provocaban una evidente reacción de su cuerpo, se quedó sorprendido. Además, por alguna extraña razón le molestaba mucho que fuera a salir con un hombre. Y era extraño porque, normalmente, él era tan frío sobre su vida sexual como lo era sobre los asuntos profesionales. Elegía a sus parejas para que le dieran placer y nunca había tenido un problema dándole a una mujer satisfacción sexual… y nada más que eso.

La verdad era que solía elegir mujeres más sofisticadas; mujeres que respondían a su deseo de un momento y se daban por satisfechas con una breve aventura… quizá con algún regalo caro como recuerdo.

Pero se daba cuenta de que la curiosidad de Emma crecía cada día. Se sentía atraída por él, podía verlo en sus ojos. Y no dejaba de preguntarse cómo sería tenerla en sus brazos, en su cama.

Damien repasó mentalmente su agenda y enseguida formuló un plan: Emma Weatherfield estaría en su cama a finales de aquella misma semana.

Después de una cita en la que no había podido dejar de comparar al pobre chico con Damien, Emma sentía ganas de darse cabezazos contra la pared. Cualquier pared, pero especialmente la de su despacho, porque a la mañana siguiente descubrió que la cita no había sido distracción alguna.

Comercial de una empresa de papelería, de pelo rubio y cara aniñada, Doug Caldwell le recordaba a un cachorro… mientras Damien Medici le recordaba a un depredador.

Además, aquel día tenía que enfrentarse con la fea tarea de recomendar qué empleados debían perder su trabajo en el hotel de San Diego. Le daban ganas de cerrar los ojos y poner una cruz sobre cualquier nombre… aunque lo que de verdad esperaba era que Damien estuviera demasiado ocupado y hubiese olvidado el encargo.

Justo en ese momento, él abrió la puerta.

—¿Tienes preparada la lista?

Arrastrando los pies mientras entraba en su despacho, Emma instintivamente sujetó el papel contra su pecho.

–Debo advertirte que no tengo tanta experiencia como tú, de modo que mis recomendaciones pueden no resultarte de ninguna ayuda.

–Deja que las vea.

Con desgana, Emma le dio el papel y contuvo el aliento mientras esperaba una respuesta.

–¿Dónde están el resto de las recomendaciones?

–No hay más. Ésas son todas las recomendaciones que he hecho.

–¿Dos? –exclamó Damien–. ¿Recomiendas dos despidos?

–Sí, dos.

Él se pasó una mano por la cara, riendo.

–Supongo que sabrás que, si algún día asciendes a la posición de gerente, tendrás que ser capaz de despedir gente sin llevarte un sofocón.

–Sí, claro –murmuró Emma, con un nudo en el estómago.

–Has estudiado Dirección de empresas, ¿verdad?

–Sí, pero creo que se me da mejor el área de organización y reducción de gastos a través de medidas económicas más prácticas y menos dolorosas.

–O sea, apagar la luz cuando se sale del despacho –bromeó él.

–No, en serio. No contratar más gente antes de empezar a despedir. Nada de subidas de sueldo para los ejecutivos, iniciativas novedosas y bonos de regalo para los clientes habituales. Como la mayoría de nuestras propiedades son hoteles de cinco estrellas, habría que encontrar una forma de atraer nuevos clientes en temporada baja. Cuando descubran las comodidades de alojarse en un hotel Megalos-De Luca, querrán repetir la experiencia en alguna otra ocasión.

Damien asintió con la cabeza.

—¿Has hablado de esas ideas con Alex o Max?

—No. Pensé que lo considerarían presuntuoso por mi parte.

—¿Quieres avanzar en MD?

—Sí, claro.

—Pues entonces deberías ser un poco presuntuosa. Sugiero que hagas un informe con esas sugerencias.

Emma lo miró durante unos segundos, en silencio, hasta que él levantó una ceja.

—¿Quieres algo más?

—No, no —mientras volvía a su despacho, Emma intentaba entender lo que había pasado. ¿Damien Medici acababa de darle un consejo profesional? ¿Le había hecho un elogio? Desde luego, no se había puesto a dar saltos de alegría, pero tampoco la había criticado ni había desdeñado sus ideas.

Si pensaba que se subestimaba profesionalmente, ¿por qué no le encargaba tareas más importantes?

El viernes por la tarde, Damien la llamó a su despacho de nuevo.

—¿A qué hora voy a buscarte mañana?

—¿Mañana? —repitió ella, sorprendida.

Había esperado que se olvidase de la cena benéfica pero, aparentemente, no era así.

–Ah, sí, la cena… pues verás, como yo soy una de las voluntarias, tengo que ir antes que los demás. Podemos vernos allí y…

–Puedo ir a buscarte temprano. ¿A qué hora te parece bien?

Emma tuvo que contener el deseo de salir corriendo. Aparecer con Damien sería como unirse al enemigo de manera pública. Si estaba haciéndolo a propósito, no habría manera de escapar.

–A las cinco y media, por ejemplo. Pero le prometí a Mallory que le echaría una mano, así que no voy a poder prestarte atención y…

–No te preocupes, estoy encantado de ir –la interrumpió él.

Emma se tragó un suspiro.

–Muy bien, nos vemos a las cinco y media.

–Ah, otra cosa –dijo Damien entonces.

–¿Sí?

–Me han pedido que evalúe un hotel en South Beach, Miami, que MD quiere comprar.

–¿Y?

–Que vamos a ir juntos la semana que viene para verlo –contestó él, como si estuviera informándole de que iban a acudir juntos a un almuerzo de trabajo.

Ella lo miró, incrédula.

–Pero…

–Nos iremos el miércoles y volveremos el domingo. Yo mismo haré las reservas con un nombre falso para que no sepan que están siendo observados. Ah, e iremos en mi jet privado, no tienes que reservar billetes.

Emma estaba atónita, pero decidió que lo mejor sería disimular.

–Muy bien, de acuerdo.

–Lleva ropa de turista: bañadores, vestidos ligeros. Nada de trajes de chaqueta –Damien le ofreció una tarjeta de crédito–. Compra todo lo que necesites.

–No hace falta. Ya tengo vestidos y bañadores.

–Tenemos que hacernos pasar por turistas acaudalados –insistió él–. Reservaré dos habitaciones contiguas, pero seremos una pareja. Y usa mi tarjeta, por favor. En esta ocasión no serás Emma, la competente ayudante ejecutiva. Vístete como lo haría... mi novia.

Capítulo Seis

Emma se gastó más dinero del que debería, su propio dinero, en un vestido negro con escote halter que dejaba la espalda al descubierto. Después de ponerse unas sandalias de tacón, tomó un bolso de mano con piedrecitas bordadas y se miró al espejo por última vez. Con los ojos pintados, el brillo en los labios y el pelo suelto, casi no se reconocía.

Esperaba no dar la impresión de haberse arreglado demasiado y, por quinta vez, pensó quitarse el vestido, lavarse la cara y llamar a Mallory para decir que no podía acudir a la cena porque no se encontraba bien.

Pero cancelar un compromiso era algo que no había hecho en toda su vida y se negaba a hacerlo ahora.

Al oír el timbre se sobresaltó pero, respirando profundamente, fue a abrir la puerta. Damien estaba al otro lado, imponente con un esmoquin negro.

Parecía más alto, pensó. Y su forma de mirarla hacía que se le encogiera el estómago.

–Estás preciosa.

–Muchas gracias –murmuró Emma–. Tú también estás muy guapo.

Afortunadamente, cuando salieron del portal seguía habiendo sol. Eso la ayudaría a olvidar cualquier fantasía que su mente pudiese conjurar, pensó. Pero se quedó sorprendida al ver que Damien no había ido en el Ferrari, sino en una limusina con chófer.

–Esto sí que no lo esperaba…

–No podía meterte en un estrecho Ferrari cuando vas vestida para un baile.

Después de abrirle la puerta, se sentó a su lado en el lujoso asiento de cuero.

–Gracias.

Se sentía como Cenicienta. Había viajado en limusina otras veces, pero siempre mientras Alex Megalos iba dictándole notas.

–¿Quieres tomar algo? –preguntó Damien, señalando el bar.

–No, gracias –contestó ella, respirando profundamente. Pero, al hacerlo, inhaló el delicioso aroma de su colonia.

El silencio dentro de la limusina era ensordecedor. Debería decir algo, pensó, pero no podía dejar de notar que el duro muslo de Damien estaba rozando el suyo y eso la ponía nerviosa.

–¿Has ido de compras para el viaje a South Beach?

Distraída por el contraste entre su camisa blanca y la piel morena de su cuello, Emma se fijó de nuevo en la venda que llevaba en la mano.

–¿Cómo está tu mano?

–No le he prestado mucha atención. Me quitarán los puntos la semana que viene.

–Ah, muy bien.

–No has contestado a mi pregunta –dijo Damien entonces, con tono burlón.

–No, no he tenido oportunidad. A ver si puedo ir mañana.

–No pareces muy entusiasmada.

–No me siento cómoda gastando dinero de la empresa en ropa, la verdad. Especialmente sabiendo que dentro de poco mucha gente va a perder su empleo.

–No es dinero de MD, es dinero de mi empresa. Y te aseguro que no hay ningún problema –Damien sacudió la cabeza–. Pero la verdad es que me sorprende. La mayoría de las mujeres estaría dando saltos de alegría.

Emma no era como la mayoría de las mujeres, seguramente.

–Yo soy muy ahorradora. Y con tu experiencia, deberías entenderlo.

–Sí, cierto. Pero puedo gastar algo de dinero cuando es necesario.

–Yo no estoy en la misma situación que tú y, además, siempre me parece que debo estar preparada… –Emma no terminó la frase.

–¿Preparada para qué?

–Para lo peor.

Damien asintió con la cabeza.

–Eso es algo que tenemos en común. ¿Quién sabe? –sonrió, mirándola con sensual curiosidad–. Podría haber más cosas.

***

Cuando entraron en el salón de baile del casino, Emma vio el gesto de sorpresa en el rostro de Mallory Megalos.

—¿Conoces a Damien Medici? Está trabajando para MD. No ha tenido oportunidad de salir mucho desde que llegó a Las Vegas y me preguntó si podía venir conmigo a la cena… Quiere hacer una aportación económica.

Mallory parpadeó, confusa.

—Muy generoso por su parte, señor Medici. Puede que me recuerde, soy…

—¿Cómo iba a olvidarla? —sonrió Damien, llevándose su mano a los labios—. Es usted la esposa de Alex Megalos.

Ella sonrió, aunque no parecía convencida por el gesto de cortesía.

—Gracias por contribuir al éxito de nuestra gala; su donativo significa mucho para nosotros. Espero que no le importe si le pido prestada a Emma un momento. Tenemos que solucionar un problema de última hora.

—Mientras me la devuelva… —sonrió Damien.

—Cuente con ello.

Mallory tiró de Emma para llevarla a una salita y, después de cerrar la puerta, se volvió para mirarla.

—¿Se puede saber…?

—Ha insistido en venir —la interrumpió ella—. Yo salía del despacho de Alex y me pilló desprevenida. Intenté desanimarlo, pero no hubo manera.

—¿Crees que está interesado en ti?

—No, no es eso. Estoy segura de que quiere algo,

pero no sé qué es. Es una persona absolutamente centrada en el trabajo, muy complicada…

Mallory levantó una ceja.

–Parece que lo conoces muy bien.

–No tanto como debería –Emma no terminó la frase porque no sabía lo que Alex le había contado a su esposa–. Bueno, dime cómo puedo ayudarte.

–¿Qué tal tu cita con Doug?

–Ah, eso. Es un chico muy agradable.

Su amiga torció el gesto.

–Muy agradable, ¿eh? Muy bien, lo entiendo, pasaremos al siguiente en la lista. ¿Qué te parece el martes?

–Vamos a esperar un poco más. La semana que viene voy a estar muy liada –respondió Emma, con el corazón acelerado al pensar en su viaje a Miami. ¿Debería contárselo?, se preguntó. ¿Por qué se sentía tan insegura?

–¿Seguro que no quieres salir con otro de mis amigos?

–No, en serio, vamos a esperar un poco más. Bueno, dime cómo puedo ayudarte.

–Tenemos unos invitados de última hora y me han estropeado el orden de los asientos. Necesito ayuda.

Emma sonrió. Ahora estaba pisando terreno conocido.

–Dame la lista.

***

Damien se sentó frente a la barra y pidió un whisky. Sorprendido por el lujo del salón de baile, no podía dejar de recordar cuando era un crío y vivía casi en la pobreza. Incluso antes de que su padre muriera, su familia nunca había tenido dinero. Ni siquiera habían tenido casa propia porque los De Luca se la robaron.

Vio entonces un cartel en la pared anunciando orgullosamente la contribución benéfica de MD y sintió una ola de amargura. Que la familia De Luca estuviera conectada con una organización benéfica era de risa.

Cada vez que recordaba cómo le habían robado a su abuelo el *palazzo* que había sido de su familia durante generaciones lo veía todo rojo. La familia Medici, una vez muy unida, se había dispersado y seguían así. Uno de sus tíos se había suicidado, una tía casada con un príncipe había tenido que divorciarse, los hijos quedaron huérfanos…

Alguien tenía que poner fin a todo eso y ese alguien era él.

Entonces miró a Emma, que pasaba cerca de él en ese momento. Se movía con confianza por el salón, sonriendo a los invitados de manera abierta, extrovertida, y se preguntó por qué no era así con él.

Pero esa inseguridad lo enfadó. ¿Por qué no dejaba de pensar en ella? La tendría. Sería suya en todos los sentidos. Estaba decidido a tenerla y lo haría.

Damien tomó otro trago de whisky, sintiendo la

quemazón del alcohol en la garganta. No sólo se entregaría a él, sino que le daría toda la información que necesitaba para vengarse de Max De Luca.

–¿Qué quieres tomar? –le preguntó Damien mientras jugaba una partida de blackjack cuyos beneficios irían al proyecto de investigación.

Emma vio que estaba ganando y no le sorprendió en absoluto.

–No suelo beber alcohol porque siempre me toca llevar a alguien a casa después de una fiesta.

–Esta noche no tendrás que hacerlo. Volverás a tu casa en la limusina.

Ella lo miró a los ojos y sintió un escalofrío. Pero no de miedo, sino de atracción. ¿Por qué?, se preguntaba. Aquel hombre era un demonio, como decía todo el mundo.

–Muy bien, de acuerdo. Tomaré un licor o algo así.

Damien se volvió hacia uno de los camareros.

–Un licor de manzana y un vaso de agua mineral, por favor.

Emma arrugó el ceño.

–¿Agua?

–Estoy jugando y tengo que mantener la cabeza fría.

–¿Ganar importa tanto? –le preguntó Emma mientras el crupier daba cartas de nuevo–. En cualquier caso, el dinero irá a ese proyecto de investigación.

Damien sacudió la cabeza.

–Ganar siempre importa.

El camarero volvió con las bebidas y Emma tomó un sorbo de licor mientras lo observaba amontonar fichas.

–Bueno, ya está bien –dijo él unos minutos después–. Vamos a la caja.

–Es mucho dinero –comentó Emma cuando les dieron el recibo.

–No importa, así me ahorro impuestos. Además, tú le habías dicho a Mallory que iba a hacer una aportación…

Ella se aclaró la garganta. Había sido presuntuoso por su parte decir que Damien iba a donar dinero. Por otro lado, había sido presuntuoso por parte de Damien insistir en acudir a la cena con ella.

–No te preocupes. Sé que estás protegiéndome.

–¿Protegiéndote? –repitió ella–. ¿Por qué necesitarías protección precisamente tú?

–Porque Mallory Megalos quería sacarme los ojos.

–No creo que Mallory te preocupe demasiado.

–No, no me preocupa. Aprendí hace mucho tiempo a no depender de la opinión de los demás, pero me alegra saber que tú estás mirando por mis intereses.

El comentario estaba tan lejos de la verdad que Emma tuvo que contenerse para no corregirlo. Y no lo haría porque su objetivo era hacer que confiase en ella para poder pasarle información a Alex y Max.

Sonriendo, miró la mesa del bufé.

–Después de tanto jugar, seguro que tienes hambre. ¿Ves algo que te guste?

–Sí –contestó él, mirándola a los ojos. Y Emma se puso colorada.

–La cena tiene un aspecto delicioso.

–Delicioso, desde luego –repitió Damien que, evidentemente, no se estaba refiriendo a la comida.

Y ella pensó que le hacía falta un abanico.

Se volvió cuando alguien puso una mano en su espalda… para encontrarse con Doug Caldwell, su cita a ciegas.

–Hola, Doug.

–Me alegro mucho de verte. Mallory no me había dicho que fueras a venir esta noche.

–Probablemente porque sólo estoy aquí para ayudarla –contestó Emma–. Doug, te presento a Damien Medici. Damien, Douglas Caldwell.

–Encantado –dijo el joven–. ¿Le importa si le robo a Emma un momento?

Damien permaneció en silencio durante más tiempo del que era necesario.

–Sólo un baile –explicó Doug, incómodo–. A menos que ya se lo haya pedido usted…

–No, claro que no –intervino Emma, irritada–. Perdona un momento, Damien.

–¿Quién era ese tipo?

–Mi jefe –contestó ella–. Bueno, no es exactamente mi jefe. Me han pedido que trabaje con él mientras hace una reorganización en MD.

–Pues parecía muy posesivo. A lo mejor está interesado en algo más que en el trabajo.

–No, no. Es uno de esos hombres que intimidan la primera vez que lo ves.

Y la segunda, y la tercera...

–Emma, me gustaría invitarte a cenar el fin de semana que viene.

No iba a poder, pero no quería que Doug pensara que entre Damien y ella había algo más que una relación profesional.

–Ojalá pudiera, pero tengo que irme de viaje la semana que viene.

–¿Qué tal el fin de semana siguiente?

–Ahora mismo estoy muy ocupada, Doug, pero quizá podríamos vernos para comer un día de éstos.

–Yo esperaba algo más –sonrió el joven.

–Lo siento, pero tengo que ir a clase después del trabajo. De verdad, estoy muy liada.

Él dejó escapar un suspiro.

–Muy bien, aceptaré lo que me ofrezcas. ¿Qué tal si tomamos algo el sábado, dentro de dos semanas?

–Muy bien.

–No lo olvides.

La música terminó en ese momento, pero en cuanto se dio la vuelta sintió una mano fuerte y cálida en su espalda. Era Damien, naturalmente.

–Pensé que estarías comiendo algo...

–No, es mi turno –dijo él, tomándola por la cintura cuando la orquesta empezó a tocar una nueva melodía.

Emma miró por encima del hombro, preguntándose quién los estaría observando.

–¿Tú crees que debemos bailar juntos? No quiero que empiecen a correr rumores...

–A mí nunca me han importado los rumores. ¿Te preocupa que la gente de MD piense que te llevas bien con el hombre que está cortando cabezas?

Emma lo miró, sorprendida por su sinceridad.

–Sí, bueno… Yo tengo por costumbre separar mi vida profesional de mi vida personal.

–Estás diciendo que nunca te has sentido atraída por tus jefes.

–Pues no. Aunque no es que sean hombres poco atractivos, además de buenas personas. Pero mi relación con ellos ha sido siempre exclusivamente profesional.

–Pero ellos no te afectaban como yo.

Emma se quedó sin aire.

–Veo que no lo niegas.

–Que entre nosotros haya… no sé cómo decirlo, una atracción pasajera, no significa que yo vaya a hacer nada al respecto –consiguió decir, aunque un segundo antes había estado preguntándose cómo sería su piel bajo el esmoquin.

Damien levantó una ceja.

–Pasajera –repitió.

–Exactamente –dijo ella, deseando que su corazón no latiese a mil por hora–. Es sólo eso.

–En MD no hay ninguna norma en contra de la confraternización entre empleados.

–Sí, pero la confraternización suele enfangar las aguas.

Y la mente, pensó, decidida a mantener la suya clara como el agua mientras el sonido de un saxofón flotaba por la pista de baile.

–No debes tener miedo.

–¿Qué quieres decir?

–Yo nunca te forzaría a nada.

–¡Por supuesto que no!

–Nunca he tenido que convencer a una mujer –Damien se inclinó hacia delante, rozando su cuello con los labios–. Tú vendrás a mí.

Emma se echó hacia atrás.

–No es tan fácil seducirme.

–No he dicho que fuera a ser fácil. Sólo he dicho que existe una gran atracción entre nosotros. En algún momento tendremos que explorarla y... puede que disfrutemos haciéndolo.

Una parte de ella podía pensar que tenía razón, pero la otra parte le decía que estaba loca, de modo que dio un paso atrás.

–No vamos a tener una aventura, si eso es lo que quieres decir. No cuentes con ello.

Y después de decir eso se dio la vuelta.

El viaje a Miami no iba a ser tan agradable después de todo, pensó mientras iba hacia la barra a pedir una botella de agua mineral. Al contrario, podría convertirse en un infierno.

Un poco más tarde, Mallory Megalos empezó a anunciar los nombres de los ganadores de la rifa. Uno de los invitados ganó unas vacaciones en Grecia, otro un fin de semana en Italia, otro en Francia. Una persona ganó un coche, pero Emma no estaba prestando atención a los nombres porque no había participado en la rifa. Debido a los problemas de su madre, ella no jugaba nunca.

–El ganador del Tesla Roadster es Emma Weatherfield –anunció Mallory.

–¡Emma! –gritó una compañera.

Ella volvió la cabeza, sorprendida.

–¿Qué?

–¡Acabas de ganar un coche!

–¿Cómo?

–Acaban de anunciar tu nombre como la ganadora de un Tesla Roadster.

–Eso es imposible. Yo no he participado en la rifa…

–¡Emma, acabas de ganar el Tesla! –anunció Mallory desde la tarima que hacía las veces de escenario–. Ven a buscar las llaves.

Confundida, ella se dirigió hacia la tarima mirando a todas partes.

–Tiene que ser un error –le dijo en voz baja–. Yo no he comprado ningún boleto para la rifa…

–Pues aquí está escrito tu nombre –insistió Mallory, levantando el boleto en el que, efectivamente, ponía *Emma Weatherfield*–. Es uno de los mejores coches del mundo. Me sentiría celosa si Alex no me dejara conducir el suyo.

–Pero…

–¡Enhorabuena, Emma Weatherfield!

Incrédula, ella aceptó las llaves.

–Gracias –murmuró, perpleja.

Mientras miraba a la gente que aplaudía se encontró con Damien… que tenía una misteriosa expresión e inmediatamente sospechó que él estaba detrás de todo aquello.

Y también supo que no podía aceptar el coche.

Capítulo Siete

Emma puso las llaves en la mano de Damien mientras la ayudaba a subir a la limusina.

–¿Qué es esto?

–Las llaves del coche que tú has ganado en la rifa.

–No son mías, yo no he participado –sonrió él–. No suelo contar con la suerte.

–Ni yo tampoco, por eso no había comprado ningún boleto, así que tienes que haber sido tú.

–¿Por qué? ¿No tienes otros amigos, otros admiradores? Podría haber sido alguien que haya comprado varios boletos y haya escrito los nombres de sus amigos.

Emma estudió su rostro y, sin querer, se fijó en la cicatriz. Esa marca lo hacía increíblemente sexy, no sabía por qué. Y saber que se la había hecho protegiendo a una mujer del ataque de su marido la conmovía. Intentó leer su expresión para saber si estaba mintiendo, pero era insondable.

–No me lo creo. Ese coche no puede haberme tocado a mí, es imposible.

–¿Tienes un coche nuevo?

–No, al contrario.

–Entonces, ¿por qué vas a devolver ese cochazo? Necesitas un medio de transporte, ¿no?

–Un Tesla no es precisamente muy práctico.

–No, sólo tiene dos asientos. Pero tú no tienes hijos, ¿verdad?

–Tú sabes que no los tengo –suspiró ella–. Pero tampoco hay sitio en el maletero para guardar cosas.

–¿Viajas mucho?

–No, la verdad es que no –admitió Emma–. Pero suelo visitar a mi madre en Missouri.

–He oído que llega hasta los trescientos por hora –sonrió Damien.

–Lo sé, yo me encargué de reservar uno para Alex.

–Ah, el coche de la empresa, supongo –dijo él, irónico.

–La empresa no compró el Tesla, lo compró Alex –replicó Emma–. Lo compró con su propio dinero. Lo cual me lleva al asunto del que estábamos hablando: yo no compré ningún boleto para la rifa, de modo que el coche no puede ser mío.

–Aparentemente, alguien lo compró por ti –insistió Damien–. Alguien que quería que tuvieras un buen coche.

Ella se cruzó de brazos.

–Esto no me gusta nada.

–Hay personas a las que no les gustan los cambios.

Emma lo miró de nuevo, preguntándose si estaba hablando de los cambios que iban a tener lugar en MD u otros cambios en su vida personal.

Aunque apartó la mirada, seguía siendo consciente del aroma de su colonia, de la proximidad de su cuerpo. Sus caderas se rozaban y, por el rabillo del ojo, podía ver las largas y poderosas piernas, la mano en el asiento de cuero, al lado de la suya.

Aquel hombre la confundía. Si estaba intentando comprar su lealtad... u otra cosa, ¿no le diría que había sido él quien puso su nombre en el boleto?

–Si alguien hubiera puesto tu nombre y hubieras ganado el coche, ¿qué harías?

–No lo sé. Nadie ha comprado nunca un boleto para mí –sonrió Damien–. Claro que me han ofrecido lápidas gratis...

–¿Has recibido amenazas de muerte? –exclamó ella, sorprendida.

–Demasiadas como para recordarlas todas, pero ésa no era tu pregunta. Si yo hubiera ganado un coche de esa manera, me lo quedaría. Y, si no lo quisiera, lo vendería, porque vale una fortuna.

–Venderlo –repitió Emma–. Eso suena un poco mercenario considerando que lo he conseguido en una cena benéfica.

–Si lo vendes podrías comprarte un coche más barato y guardar el resto del dinero en el banco.

Esa idea le parecía más tentadora.

–Si comprase un coche usado quizá...

–Yo no iría tan lejos. Si insistes en venderlo, lo menos que puedes hacer es comprarte un medio de transporte decente.

–Considerando que tú no has comprado el boleto, pareces tener una opinión muy formada sobre el asunto –replicó ella, irónica.

–Me has preguntado.

–Ya.

–¿Te gusta el coche?

–No lo sé, no lo he probado. Ni siquiera sé si podría conducirlo.

–Deberías tomar la decisión después de dar una vuelta en el Tesla. A menudo lo más sensato es no tomar una decisión hasta que se ha tenido la oportunidad de probar el coche.

Estaba mirándola a los ojos y Emma no pudo evitar compararlo con el deportivo. ¿Qué clase de viaje haría con él?, se preguntó.

Debería sentirse horrorizada por tales pensamientos, pero cuando Damien alargó una mano para apartar un mechón de pelo de su cara lo único que pudo hacer fue contener el aliento.

¿Iba a besarla?, se preguntó. Debería apartarse, empujarlo... pero no podía hacerlo.

–Tú decides. Nadie va a obligarte a nada. Puedes devolver las llaves o puedes dar una vuelta en el coche y decidir por ti misma.

Hablaba en voz baja, como hablaría con una amante, y Emma sintió una oleada de calor que empezaba en sus pechos y se perdía entre sus piernas. No recordaba haberse sentido nunca tan excitada por un hombre... ¡y ni siquiera la había tocado!

¿Y si la besaba? ¿Sería capaz de resistirse? ¿Querría hacerlo?

Cuando llegaron a su casa, Emma se aclaró la garganta y decidió despedirse antes de caer desmayada sobre el asiento.

–Bueno, gracias por tu generosa contribución a la cena de esta noche.

–Te acompaño –dijo él. El chófer les abrió la puerta y Damien alargó la mano para ayudarla a salir.

–De verdad, no hace falta…

–Insisto.

Y Emma supo que protestar sería una pérdida de tiempo.

Soltó su mano en cuanto le fue posible, pero la acera era demasiado estrecha. Su hombro desnudo rozaba la chaqueta del esmoquin con cada paso. Tenía que escapar, pensó mientras entraba en el portal y metía la llave en la cerradura de su apartamento.

–De nuevo, gracias por…

De repente la puerta se abrió y su madre apareció en el umbral.

–¡Mamá! –exclamó Emma, sorprendida–. ¿Cuándo has…?

–Hola, cariño –Kay la abrazó–. Tengo que volver el lunes por la noche, pero merece la pena hacer un viaje tan largo para verte… –entonces se dio cuenta de que iba acompañada–. Ah, pero veo que interrumpo una cita.

–No, no…

–Has tenido una cita –sonrió su madre, mirando hacia el portal–. Y has venido en limusina. ¿Por qué no me lo habías dicho?

Emma se puso colorada hasta la raíz del pelo y más allá.

–No era una cita, mamá. Venimos de una cena benéfica y él es mi jefe, Damien Medici.

–Encantado de conocerla, señora…

–Kay Nelson. Y yo también estoy encantada de conocerlo. Ésta es la primera vez que conozco a algún compañero de mi hija.

–No es un compañero, mamá, es mi jefe.

–Bueno, eso da igual. ¿No quiere entrar? He traído una botella de vino.

Emma miró a su madre con expresión angustiada.

–No, no, el señor Medici tiene que…

–Encantado –la interrumpió Damien.

Y ella tuvo que tragarse una palabrota.

Damien no habría dejado escapar esa oportunidad de oro para ver a Emma fuera del trabajo. Y, desde luego, no se parecía nada a su madre, una mujer simpática pero muy nerviosa que parecía incapaz de estar sentada durante más de cinco minutos.

–¿Quieres más vino, Damien?

Él señaló su copa, casi sin tocar. Había logrado tomar un par de tragos por educación, pero prefería el vino tinto o blanco, nunca una bebida rosada.

–No, gracias.

–Imagino que sabrás lo orgullosa que estoy de Emma. Siempre ha sido tan buena chica… Mucho más conservadora que yo, desde luego. Y mírala ahora, trabajando en MD. ¿Sabes que ha trabajado para los dos vicepresidentes?

–Sí, madre, lo sabe –murmuró Emma.

–Bueno, es normal que presuma de hija. Y ese vestido es precioso, por cierto. Te has hecho algo diferente en el pelo, ¿verdad?

–Mamá, creo que el señor Medici tiene que irse.

–No hay ninguna prisa –sonrió Kay–. ¿Tienes que irte, Damien? Si te preocupa la factura de la limusina, estoy segura de que a Emma no le importaría llevarte a casa.

Ella abrió la boca para protestar…

–No tengo prisa –sonrió Damien, arrellanándose en el asiento–. Bueno, cuéntame más cosas sobre la infancia de Emma.

–Era muy ahorradora, siempre lo ha sido. Te aseguro que esta chica puede hacer que hasta el cerdito de la hucha proteste por el sobrepeso –suspiró Kay–. Pero no siempre lo hemos tenido fácil, la verdad, así que me alegro de que sea así. Yo la llamaba diosa Hestia, ¿sabes por qué?

–Es la diosa del hogar, ¿no?

–Exactamente. Nos mudábamos continuamente, pero Emma siempre lograba crear un hogar estuviéramos donde estuviéramos. Qué vida. ¿Te acuerdas del poni que te compré unas Navidades?

Emma asintió.

–Sí, claro. Peanut.

–Le encantaba ese poni. Desgraciadamente, tuvimos ciertas dificultades económicas y sólo pudimos conservarlo durante un año.

Emma sonrió, entristecida.

–Ése fue uno de los años buenos.

–Siempre le han encantado los animales. ¿Cómo se llamaba el labrador que teníamos?

–Sheba, y era una golden retriever. Tuvimos que regalarla porque nos fuimos a un apartamento en el que no aceptaban mascotas.

–Me sorprende que no tengas un perro ahora que vives sola –dijo Damien.

–Estoy fuera de casa todo el tiempo, no sería justo.

–Siempre tan práctica –suspiró su madre–. Demasiado ocupada como para salir con ningún chico cuando iba al instituto. Demasiado ocupada para salir con ningún chico después. Me alegro mucho de que hayas salido esta noche, hija.

–No era una cita mamá –insistió Emma, levantándose–. Bueno, Damien, gracias otra vez.

–De nada –sonrió él, levantándose a su vez–. Tal vez tu madre podría ayudarte con las compras para este fin de semana.

–¿Este fin de semana? ¿Es que te vas de viaje?

–Es un viaje de trabajo a South Beach para evaluar uno de los hoteles Megalos-De Luca, mamá. Tengo que comprar un par de cosas porque… en fin, vamos a hacernos pasar por unos clientes ricos.

–Le he dicho que pusiera los gastos en mi cuenta –dijo Damien.

–Ah, qué generoso. South Beach es un sitio muy romántico. Fui allí una vez con mi tercer marido –sonrió Kay–. ¿O era el cuarto?

–El cuarto –suspiró Emma–. Huy, fíjate qué tarde es –dijo mirando el reloj–. Perdona, Damien, no queríamos retenerte hasta tan tarde.

–Bueno, yo os dejo para que podáis despediros en privado –sonrió Kay.

Emma, horrorizada, abrió los ojos como platos.

–No hace falta… –empezó a decir. Pero no terminó la frase porque su madre ya había desaparecido en el dormitorio–. Te pido disculpas. Mi madre… en fin, tiene buenas intenciones.

–A mí me parece encantadora –sonrió Damien–. Y no querría darle un disgusto no despidiéndome de ti en privado –añadió, dando un paso adelante.

Estaba tan cerca que tenía que hacer un esfuerzo para no tomarla entre sus brazos, para no besarla hasta que no pudiera seguir negando que había algo entre ellos.

Sabía, sin embargo, que Emma tendría que dar el primer paso. Iba a tener que hacer uso de todo su autocontrol, pero era lo mejor.

Cuando inclinó la cabeza la oyó contener el aliento. Sería muy fácil apretarla contra su pecho y besarla hasta que no pudiera poner objeciones. Quería que olvidase sus reservas, que se rindiera, que le suplicase incluso. Acariciar sus pechos y explorar todos sus secretos, hacer que murmurase su nombre una y otra vez. Y luego se enterraría en ella para disfrutar del placer que, sabía, los dos estaban deseando.

Excitado como nunca, Damien resistió la tentación.

–Buenas noches, diosa Hestia –murmuró.

Emma tardó un momento en calmarse. ¡Y no la había besado siquiera!

Su cuerpo estaba protestando, sus pezones endurecidos empujando contra el vestido

Enfadada consigo misma, cerró la puerta. Se

sentía como una idiota. Prácticamente se había derretido contra el quicio de la puerta.

Debería ser un alivio que no la hubiera besado, porque eso habría sido absolutamente poco profesional. Sin embargo, estaba molesta. ¿Cómo podía estar tan cerca, prácticamente frotándose contra ella, tan cerca como para poder darle un beso y no tocarla siquiera?

Un gemido escapó de su garganta justo cuando su madre entraba de nuevo en el salón.

—Cariño, lo siento. ¿Tenías planeada una velada romántica con Damien? Espero no haber interrumpido.

Emma tuvo que morderse la lengua.

—Es mi jefe, madre, nada más.

Kay negó con la cabeza.

—Es guapísimo y está claro que le gustas. No hay ninguna razón para que no salgas con él, cielo. Te lo aseguro, no se conocen hombres como ése todos los días.

—Lo sé, pero…

—Entiendo que esa cicatriz te dé miedo. La verdad es que le da un aspecto un poco salvaje y…

—Se la hizo defendiendo a su madre de acogida cuando la pegaba su marido.

Kay levantó una ceja.

—Ah, parece que os conocéis bastante bien, considerando que sólo es tu jefe.

Emma dejó escapar un suspiro.

—¿Podemos hablar de otra cosa? Por ejemplo, ¿por qué has decidido venir a visitarme tan inesperadamente?

–Sé que soy una molestia, pero te echaba de menos.

–No eres una molestia, tonta –Emma la abrazó, arrepentida–. Ya sabes que siempre me alegro de verte. Pero si me hubieras avisado, habría ido a buscarte al aeropuerto.

–Para comprobar que no me ponía a jugar en las máquinas tragaperras, claro. No te preocupes, he resistido la tentación.

–Y yo estoy orgullosa de ti.

–Gracias, cariño. Ojalá viviéramos más cerca. Missouri es tan aburrido comparado con Las Vegas…

–Más tranquilo –la corrigió Emma–. Tú misma lo dijiste cuando te mudaste allí. ¿Cómo está la tía Julia?

–Bien, loca por sus nietos. Y a mí también me encantaría tener alguno, por cierto.

–Pues vas a tener que esperar, mamá. En fin, estoy agotada. Mañana por la mañana te haré tortitas con caramelo, ¿te parece?

–Qué buena eres conmigo, hija. Llevas haciéndome tortitas con caramelo desde ese Día de la Madre, cuando tenías once años.

–Ocho –sonrió Emma–. ¿Pero qué más da?

–Después de desayunar podríamos ir de compras –sugirió Kay–. Y como esta vez no te vas a gastar tu propio dinero, ni siquiera tenemos que ir a las rebajas.

***

A la mañana siguiente, después de desayunar, subieron al coche dispuestas a ir de compras.

–Podríamos ir a Versace –sugirió Kay.

–¿Qué? No, imposible, Versace es carísimo.

–A Louis Vuitton, Roberto Cavalli…

«No, de eso nada», pensó Emma mientras seguía hasta el aparcamiento de unos grandes almacenes.

–¿Por qué vamos a unos grandes almacenes cuando podrías comprar ropa en las mejores tiendas?

–Porque no pienso gastarme el dinero de Damien Medici –contestó ella mientras buscaba un sitio cerca de la entrada.

–Pero si él mismo ha insistido… ¿Por qué siempre tienes que privarte de todo?

Emma no quería recordarle las veces que ella se había gastado un dinero que no tenía sólo para tener que devolver las compras después. No quería decirle que seguía viviendo con miedo de que volviera a jugar, de que empezase a acumular deudas que su hija tendría que pagar.

–Esto es como ir de caza. Estamos buscando una especie en extinción, madre.

–Algo bueno y barato –suspiró Kay, bajando alegremente del coche.

Capítulo Ocho

Afortunadamente, Damien estuvo fuera de la oficina durante todo el lunes y el martes. Pero el miércoles por la mañana envió un coche a buscarla.

Emma estaba nerviosa, pero intentaba tranquilizarse. Damien había demostrado que era capaz de controlarse y, si él podía hacerlo, ella también.

Aunque esperaba no haberse equivocado con las compras porque su madre había insistido en que eligiera algunas prendas que ella, en otras circunstancias, no habría elegido nunca. Había cedido sólo porque Kay había estado en South Beach y ella no.

En aquel momento llevaba unos vaqueros de diseño, una camisola de seda y un jersey atado a la cintura por si tenía frío en el avión. En los pies, unas sandalias de cuña que su madre se había empeñado en que comprase. En fin, esperaba parecer una turista acaudalada, pero no sabía si daría el pego.

Damien seguramente estaría acostumbrado a salir con mujeres que se gastaban una fortuna en ropa, pero ella nunca sería una de esas mujeres.

En lugar de ir a la terminal principal, el conductor tomó una ruta alternativa y Emma miró su reloj, preocupada por la hora.

–Perdone, ¿no tenemos que ir a la terminal principal?

–No, señorita –contestó el hombre–. Vamos a la terminal de la que salen los aviones privados.

–Ah, es verdad.

Unos minutos después, una amable auxiliar de vuelo la acompañó hasta el jet privado.

–Despegaremos dentro de poco –le dijo–. ¿Quiere tomar algo, un zumo, agua mineral?

–Agua, por favor.

Cuando levantó la mirada vio a Damien subiendo al avión y se le encogió el estómago.

–Tan puntual como siempre.

–Se me había olvidado que no saldríamos de la terminal principal y pensé que llegaba tarde.

–A veces viajo en vuelos regulares, pero sólo cuando tengo que ir a Europa, Asia o Australia. Cuando son vuelos domésticos es más cómodo ir en el jet. Es uno de mis caprichos –dijo él–. Me gusta viajar con mi propio horario y, además, puedo trabajar en un ambiente más relajado –Damien sonrió, conspirador–. ¿Lo ves? No tengo que masticar cristales para estar contento.

Emma tuvo que sonreír.

–Sí, ya veo.

–¿Te da miedo viajar en avión?

–No… bueno, me dan miedo las turbulencias.

–Le diré al piloto que intente evitarlas.

–Ah, ¿las turbulencias son como las patatas fritas? Quiero una hamburguesa con queso y sin patatas. Quiero un vuelo sin turbulencias.

Damien soltó una carcajada.

–Nunca lo había visto así, pero es posible. Venga, siéntate. ¿Quieres tomar algo?

–Ya he pedido agua –sonrió Emma, dejándose caer sobre el asiento.

En ese momento la auxiliar se acercó con una botella de agua mineral para ella y un zumo para Damien.

–¿Quieres desayunar?

–No, ya he desayunado en casa.

–Yo tomaré lo de siempre –dijo él.

–¿Qué es lo de siempre? –preguntó Emma cuando la auxiliar de vuelo se alejó por el pasillo.

–Dos huevos revueltos, beicon, tostadas con mermelada de frambuesa y patatas fritas.

–¿Y qué sueles comer?

–Un sándwich de jamón y queso o un buen filete con ensalada.

–¿Y la cena?

–Pollo a la plancha, una patata asada, brécol, una ensalada césar y un whisky.

–Vaya, vaya –sonrió Emma–. En dos minutos he descubierto más cosas sobre tus costumbres alimenticias que en una semana trabajando contigo.

–Algunas personas dicen que viajar elimina barreras.

–¿En qué sentido?

–Estás atrapado en un sitio cerrado, sin ninguna distracción… a menos que las inventes, y sin interrupciones. Tienes mucho tiempo en las manos y un espacio pequeño que te separa de la otra persona.

El brillo de sus ojos creó un montaje de imágenes en la mente de Emma. Pero era demasiado temprano para ponerse a pensar esas cosas...

Apartando la mirada, intentó romper aquel contacto que parecía ser más íntimo con cada minuto que pasaba.

–Salvo cuando te toca ir sentada en el asiento del centro, con un niño a cada lado.

Damien rió.

–Entonces hay que ponerse los auriculares para ver la película.

–Claro que eso no evita los viajes al lavabo, los refrescos que se derraman...

–Lo dices como si te hubiera pasado a ti.

–Así es. He tenido que tomar un par de vueltos de última hora, de ésos en los que sólo quedaba ese asiento.

–Hoy no va a ser uno de esos días –sonrió Damien.

–Desde luego que no –asintió Emma, relajándose en el asiento.

La auxiliar de vuelo asomó la cabeza en la zona de pasajeros.

–Estamos a punto de despegar. Por favor, abróchense los cinturones.

Unas horas después, el jet aterrizaba en Miami. Había una limusina esperando al pie del avión y Emma, a su pesar, tuvo que apreciar el lujo y la eficiencia de esa forma tan lujosa de viajar. En cuarenta y cinco minutos estaba en el hotel que debían evaluar, echándole un vistazo a su habitación, separada por una puerta de la de Damien.

Tenía un saloncito con un balcón frente a las tres piscinas del hotel y, detrás de ellas, el océano Atlántico, con sus aguas de color turquesa. Emma respiró profundamente la brisa del mar. No resultaba fácil creer que aquello fuera trabajo.

–¿Qué te parece? –oyó la voz de Damien en el balcón, a su lado.

Se había quitado el traje de chaqueta y llevaba una camiseta negra de manga corta que destacaba la anchura de sus hombros y los bien desarrollados bíceps. Emma no pudo evitar que su mirada se deslizase por el resto de aquel cuerpazo... y al ver que sólo llevaba un bañador se le quedó la boca seca. ¿Qué le había preguntado?

–¿Perdona? –murmuró, con una voz que sonaba extraña a sus propios oídos.

–¿Qué te parece el hotel?

–Ah, es precioso. Nos han atendido en un minuto, el botones era agradable y la suite tiene un aspecto inmaculado.

–La mía también. Es casi como si supieran quiénes somos.

A Emma se le encogió el estómago. Seguramente lo sabían, porque ella había informado a Max sobre el viaje.

–Aún no he tenido tiempo de revisar mi lista, pero...

–Más tarde –la interrumpió él–. Ponte un bañador y nos reuniremos en la piscina.

–Pero... –Emma iba a protestar porque había pensado hacer un inventario completo de la suite pero, al fin y al cabo, él era el jefe–. Muy bien. Dame cinco minutos.

Aunque Damien estaba portándose como un perfecto caballero, no le había pasado desapercibido el brillo depredador en sus ojos oscuros. Y, aunque se dijera a sí misma que era imposible, no podía ignorar la atracción que había entre ellos.

Sujetando un biquini negro que su madre prácticamente le había obligado a comprar para que vistiera como lo hacían las turistas en Miami, Emma lo pensó dos veces, tres y cuatro.

Luego, tomando el bote de crema solar, unas gafas oscuras una visera y su lista de tareas, se dijo a sí misma que estaba trabajando.

Damien estaba frente a la piscina, respondiendo a los mensajes con su Blackberry mientras esperaba a Emma. Contaba con que aquel viaje fuese un momento decisivo. Creando cierta distancia entre ellos y el cuartel general de MD, planeaba incrementar su lealtad hacia él… mental, física y sexualmente.

Al levantar la mirada vio a una mujer pálida con una gorra, enormes gafas de sol y una especie de blusa medio transparente sobre un biquini negro que no podía esconder el voluptuoso cuerpo que había debajo. Sólo al fijarse en el brillante pelo castaño que caía sobre sus hombros se dio cuenta de que era Emma.

Como siempre estaba escondida bajo esos serios trajes de chaqueta, sólo había sido capaz de imaginarla desnuda. Pero ahora casi no tenía que usar la imaginación.

Tragando saliva, Damien la miró de arriba abajo. Esa piel tan pálida se freiría al sol, pensó. Sus generosos pechos saltaban con cada paso, sus caderas se balanceaban de un lado a otro, invitadoras...

Ella se detuvo abruptamente, como si estuviera buscándolo, y Damien tuvo que contener un gemido de deseo mientras mentalmente la privaba de esas dos piezas de ropa.

—¡Emma! —la llamó.

—Ah, hola, he tardado un poco más en bajar porque me he puesto crema para el sol.

Una pena, pensó Damien. Le habría encantado ponérsela él mismo.

—No pasa nada. He pensado que podríamos bajar a la playa un rato. Podemos evaluar las piscinas y el jacuzzi más tarde, cuando se haya ido el sol.

—Ah, muy bien.

Mientras bajaban a la playa, él aprovechó para echar una mirada a su trasero... Sí, desde luego, tenía planes para ella.

Cuando llegaron a la playa, uno de los empleados se dirigió a ellos a toda prisa.

—¿Necesitan algo?

—Una sombrilla con dos tumbonas —contestó Damien.

—Ahora mismo, señor.

Un minuto después tenían su sombrilla y sus tumbonas.

—Gracias —sonrió Emma, mientras Damien le

daba una propina al chico–. Un servicio excelente, ¿verdad?

–Sí, desde luego. Como he dicho antes, parece como si supieran que estamos aquí para hacer una evaluación del hotel. Pero eso no es posible, ¿verdad?

Ella apartó la mirada.

–A lo mejor es que son muy concienzudos.

–Sí, es posible –sonrió Damien. Pero ya sabía que Emma había informado a Max sobre el viaje. Aunque, al final, quien perdería sería MD porque no recibirían una evaluación imparcial sobre el hotel–. Ah, aquí llega el camarero. ¿Qué quieres tomar?

–Yo no quiero nada, he traído agua.

–Tienes que pedir algo. ¿Cómo vas a evaluar el servicio si no lo pruebas todo? –le preguntó él en voz baja.

–Pues entonces pide tú por mí.

–Cerveza para mí y un licor de manzana para la señorita.

Emma rió y Damien aprovechó la oportunidad para apretar ligeramente su hombro.

–¿Todo bien?

–Sí, sí, todo bien –murmuró ella, tapándose la cara con la gorra.

Después de tomarse la cerveza y de insistir en que Emma probase un poco de licor, Damien se quitó la camiseta.

–¿Quieres nadar un rato?

–¿Nadar? Hace siglos que no me baño en el mar.

–¿Cuánto tiempo?

–Desde que me mudé a Las Vegas, hace más de diez años.

–Ah, pues eso tenemos que arreglarlo ahora mismo –sonrió Damien, tomando su mano.

–¿Qué haces? No hay ninguna prisa, no tenemos que evaluar el mar. Además, no tenemos que hacerlo todo el primer día…

–Sólo vamos a remojarnos un rato.

–Sí, pero yo prefiero la piscina.

–Hace siglos que no te bañas en el mar, ¿cómo lo sabes? –insistió él, llevándola hacia la orilla.

–¡Ay, espera! El agua está fría…

–¿Te da miedo el mar?

–No, no…

–No pasa nada. Podemos ir despacio si quieres –sonrió Damien.

Esa frase tenía doble sentido y sabía que ella estaba buscando una respuesta adecuada, pero no pudo descifrar sus pensamientos porque sus ojos, tan expresivos, estaban ocultos tras las gafas de sol.

–Puedo meter un poquito los pies –dijo por fin, en voz baja.

Y Damien la imaginó desnuda y debajo de él. Otra vez.

«Que Dios me ayude, está medio desnudo».

¿Cómo podía mantener ese cuerpazo? Emma tembló imaginando lo que Damien pensaría de su cuerpo. Nadie podría decir que era delgada, desde luego. Y un hombre como él debía de estar acostumbrado a salir con modelos…

Enfadada consigo misma, intentó apartar esos pensamientos de su cabeza. Daba igual lo que Damien pensara o dejara de pensar. De hecho, si no la encontraba atractiva, mejor.

Con el agua fría acariciando sus tobillos, decidió dar un paso adelante.

–¿Todo bien? –preguntó él. Y Emma se dio cuenta de que ahora era ella quien sujetaba su mano.

–Sí, sí –cuando intentó soltarse, una ola la pilló por sorpresa y se agarró a su brazo.

Damien rió.

–Miedosa.

–No te rías de mí –otro paso adelante y el agua le llegaba por los muslos–. No habrá medusas por aquí, ¿verdad?

–En mayo… no lo creo. Pero, si quieres, puedo llevarte en brazos.

Emma no sabía qué era peor: enfrentarse con una medusa o estar en los brazos de Damien Medici.

–No, gracias. ¿Por qué las olas llegan cada vez más rápido?

–Porque está subiendo la marea. ¿Quieres que volvamos?

–No, aún no –contestó ella, sin dejarse vencer por el miedo.

La última vez que se bañó en el mar se había visto arrastrada por la corriente y había tragado mucha agua. No era un recuerdo agradable y le gustaría reemplazarlo por otro. De modo que dio un paso adelante pero, de repente, dejó de hacer pie y se hundió hasta la barbilla. Automáticamente se agarró a Damien, enredando las piernas y los brazos a su alrededor.

–¿Qué pasa?

–¡No hago pie!

–Tranquila, no pasa nada –sonrió él, tomándola por la cintura–. Estamos en un banco de arena, pero yo sí hago pie.

Curiosamente, las olas habían desaparecido.

–¿Dónde han ido las olas?

–Están detrás de nosotros –contestó Damien–. Aquí se está más tranquilo. ¿Te gusta?

Sintiendo la caricia del agua, y agarrada a aquel hombre que parecía un poste, se sentía mucho mejor.

Después de respirar profundamente, se calmó un poco. La piel de Damien era muy suave, su torso brillaba bajo el sol...

–Deberíamos volver a la playa –sugirió, nerviosa.

–¿Eso es lo que quieres?

La sensación del agua acariciándolos provocaba en ella una extraña sensualidad, algo que no había experimentado nunca.

–No, la verdad es que no –murmuró, mirándolo a los ojos–. Me gusta esto.

–Sí, a mí también –Damien deslizó una mano por su espalda–. ¿Tenías miedo?

–Estaba un poco nerviosa. Hacía mucho tiempo que no me bañaba en el mar –Emma miró alrededor–. Es precioso.

–¿Has estado en un yate alguna vez?

–No, nunca. ¿Por qué?

–Mi hermano vive en un yate, en Key West. Tiene un negocio de venta de barcos.

–Ah, qué vida más dura –sonrió ella.

–Eso es lo que yo le digo siempre. ¿Quieres ir a navegar un rato?

Teniendo a Damien Medici entre las piernas, sus pechos justo bajo su barbilla, ya sentía como si estuviera navegando… una travesía muy peligrosa, además.

–Eso no es parte de la evaluación, ¿verdad?

–No, pero tampoco tenemos que pasar cada minuto evaluando el hotel.

–Bueno, la verdad es que me encantaría –dijo Emma impulsivamente, esperando no lamentarlo después.

Capítulo Nueve

Después de una cena deliciosa en el restaurante del hotel, Damien la llevó a dar un paseo por Lincoln Road, donde disfrutaron de la brisa nocturna y del alegre mercado al aire libre.

Emma estaba siendo una compañera encantadora, pensó. Más que eso. Cuando había cerrado los ojos y se había pasado la lengua por los labios después de probar la tarta de chocolate y frambuesas, Damien había tenido que hacer un esfuerzo sobrehumano para no tomarla entre sus brazos y llevarla directamente a la habitación.

–He llamado a mi hermano y nos va a llevar en el yate mañana. Pero puedes ir de compras pasado mañana mientras yo trabajo un rato. Usa mi tarjeta.

–Ah, la tarjeta –Emma se detuvo de golpe, la falda de seda marrón moviéndose alrededor de sus piernas. La blusa sin mangas, sujeta a sus delicados hombros por dos estrechos tirantes, caía haciendo un drapeado sobre sus pechos.

Su atuendo para South Beach le gustaba mucho más que los serios trajes que llevaba a la oficina.

–Toma, no la necesito. En realidad, no la he usado. He encontrado esto en las rebajas y…

–¿No la has usado?

–No me parecía adecuado –sonrió Emma–. He encontrado cosas en las rebajas, así que no me ha hecho falta.

–Pero te dije que comprases ropa con mi tarjeta –insistió él.

Nunca había tenido el menor problema para que una mujer usara su tarjeta de crédito.

–Ya te digo que no me ha hecho falta.

–Pero has tenido que comprar un vestuario nuevo para este viaje y lo más lógico era que yo pagara por él.

–No te preocupes, volveré a ponerme todas estas cosas. Me gustan mucho.

–¿Cuándo?

–No lo sé, tal vez cuando tenga alguna cita –contestó Emma–. Mallory está decidida a casarme con uno de sus amigos.

Esa respuesta lo sacó de quicio.

–¿Vas a ponerte el biquini negro durante una cita?

–No lo creo, pero necesitaba un biquini de todas formas –sonrió Emma–. ¿Por qué te enfadas? No me gusta gastarme el dinero de los demás.

Pero no le parecía mal traicionarlo informando a sus jefes, pensó Damien.

–A mí me parece un insulto.

–¿Qué? Pero Damien... ¿por qué te parece un insulto?

–Me he ofrecido a pagar por algo que es parte de tu trabajo y tú te niegas a aceptarlo.

–Bueno, no te enfades. Por el momento, el viaje está siendo estupendo y te agradezco mucho que me hayas traído… –Emma no terminó la frase, como si no quisiera ser feliz estando con él.

Otro paso adelante, pensó Damien. Estaba haciendo progresos. Pronto le daría todo lo que deseaba: su pasión y la información que necesitaba sobre De Luca.

–Guarda la tarjeta, anda. A lo mejor encuentras algo cuando vayas de compras… un recuerdo.

Después del paseo fueron al exclusivo club del hotel, con luces suaves, sofás de piel blanca y martinis de barra libre. Una orquesta tocaba música cubana, animando a los clientes a salir a la pista de baile.

–En Las Vegas hay muy buenas discotecas pero, como casi todos los que vivimos allí, yo no suelo ir –dijo Emma, tomando un sorbo de martini–. Este sitio es precioso. ¿Qué tal tu mojito?

–Un poco dulce, yo prefiero el alcohol seco. ¿Qué tal tu martini?

–Delicioso… pero casi me da miedo tomármelo todo.

–Sería una pena desaprovecharlo –sonrió Damien mirando sus labios–. Deberíamos bailar.

–¿Deberíamos? –repitió Emma.

–Somos una pareja, ¿recuerdas? –murmuró él, tomando su mano para llevarla a la pista de baile.

La orquesta estaba tocando una canción lenta y Damien decidió, por una vez, disfrutar del momento. Durante esa canción, mientras se dejaba llevar por su delicioso perfume, la seduciría un poco más. Sabía que la anticipación era la mitad del juego.

Mientras bailaban, inclinó la cabeza para rozar su hombro con los labios y notó el escalofrío de Emma; pero ella no se apartó. De hecho, levantó los brazos para enredarlos en su cuello.

Damien deslizó una mano por su espalda, apretándola íntimamente contra su cuerpo, y ella contuvo el aliento, pero tampoco se apartó.

Cada vez que respondía a sus avances, su erección aumentaba un poco más. Estaba excitado y dejó que ella lo notase.

Lo único que deseaba era besarla, pero esperó. Lo mataba, pero esperó, acariciando su cuello con la punta de los dedos. Como Emma tampoco protestó, se atrevió a meter una pierna entre las suyas.

Y ella dejó escapar un gemido que intensificó su erección un poco más.

–¿Quieres que te bese? –le susurró al oído.

Emma suspiró, arqueándose hacia él como si quisiera estar aún más cerca.

–Si quieres que te bese, levanta la cara –musitó Damien. Esperó y los segundos sonaron en su cabeza como el tic-tac de un reloj: uno, dos, tres…

Por fin, Emma levantó la cabeza, los ojos azules oscurecidos.

–Bésame –le pidió.

Sus labios eran como seda, más seductores que los de ninguna otra mujer. Pasó la lengua por ellos, saboreando su rendición, pero pronto eso dejó de ser suficiente y deslizó la lengua en el interior de su boca.

Cuando ella dejó escapar un suspiro, Damien lo aprovechó para enredar su lengua con la suya y fue como si estuviera acariciándolo íntimamente. No recordaba que ninguna otra mujer lo hubiera excitado tanto con un beso y, deslizando las manos por sus costados, rozó sus pechos sin dejar de besarla.

Emma se frotaba contra su torso y él tuvo que hacer un esfuerzo para no meter la mano bajo su falda. Aunque estaban bailando en una esquina oscura, se contuvo. Eso llegaría después.

–Quiero besarte por todas partes –murmuró–. Quiero excitarte tanto que no puedas soportarlo y me supliques más. Quiero estar dentro de ti y llenarte del todo.

Emma buscó sus labios ante la sexual invitación y Damien la besó una vez más, tomando abiertamente su boca como quería tomar su cuerpo.

–Hay tumbonas con cortinas alrededor de la piscina. Podríamos ir allí.

–No, yo… –Emma tragó saliva–. Es tan…

–¿Tan crudo, tan primitivo?

–Sí.

–Tú decides. Yo me voy a una de esas tumbonas –dijo él–. Pero te prometo que sólo llegaremos hasta donde tú quieras.

Emma se pasó la lengua por los labios.

–No sé si…

–Te esperaré allí quince minutos, tú decides –la interrumpió Damien, besándola por última vez antes de alejarse.

Iba a reunirse con él, estaba seguro. Debería experimentar una sensación de triunfo por haberla seducido, pero lo que deseaba más que nada era tenerla otra vez en sus brazos y sentirse envuelto entre sus piernas mientras se perdía en ella.

Y eso no era todo. No podía explicarlo, pero también deseaba su afecto, su devoción.

Emma no sabía qué hacer. Durante los últimos cinco minutos todas sus neuronas parecían haber sufrido un cortocircuito.

–¿Qué hago? –murmuró, mirando en dirección a las tumbonas frente a la piscina, con cortinas de lino blanco que las separaban de los curiosos.

Damien Medici acababa de hacerle la invitación más alucinante que había recibido en toda su vida.

¿Tenía valor para aceptarla? Su frente se cubrió de sudor. ¿Tenía sentido común suficiente como para rechazarla o, si era necesario, subir corriendo a su habitación?

Emma tomó otro sobro de martini, aunque sabía que eso no la ayudaría a aclarar su mente, al contrario. Deseaba a Damien, pensó. Deseaba tocarlo, que la hiciera gemir y hacerlo gemir a él de placer.

Si hacía lo que le dictaba el sentido común, saldría corriendo.

Pero era la oportunidad de su vida, porque nunca antes había sentido algo así.

Tomando el resto del martini de un trago, decidió olvidar las cuestiones profesionales. Durante un par de horas no pensaría en MD. Pensaría sólo en Damien y en ella misma.

Pero mientras iba hacia la piscina tuvo dudas. Siguió caminando, sin embargo, mirando las amplias tumbonas separadas de la gente que se estaba bañando por un cordón de seguridad. Mientras en la piscina todo era actividad, allí, en el jardín, todo parecía estar en silencio.

Un paso más y empezó a sentirse intranquila. Quizá debiera subir a su habitación. Quizá aquello fuera una locura. Sí, era una locura, pero tal vez mereciera la pena.

Mientras pasaba frente a una de las tumbonas tuvo que pararse un momento. No tenía valor para hacerlo...

—Emma —oyó la voz de Damien—. Estoy aquí.

Respirando profundamente, Emma se volvió. Estaba al lado de una de las tumbonas que, tapada por cortinas de lino blanco, a la luz de la luna parecía la tienda de un jeque árabe; y él era tan alto, tan irresistible...

Quería estar con él, pensó. Quería que la tocase.

—Estaba a punto de marcharme —le confesó.

—Me alegro de que no lo hayas hecho —murmuró Damien, levantando una mano para acariciar su pelo—. Ven, vamos dentro.

La música que llegaba del club, a lo lejos, incrementaba la sensualidad del ambiente.

—Esto es una locura —dijo Emma, besando su cuello.

—Sí —asintió Damien, envolviéndola en sus brazos—. ¿Quieres que paremos?

—No, no.

Damien presionaba su espalda, apretándola contra su pelvis, y ella estaba más excitada que nunca en toda su vida. El aire dentro del cubículo creado por las cortinas se volvía más ardiente con cada segundo que pasaba.

Sus movimientos eran carnales y sugerentes, pero Emma no estaba asustada, al contrario; quería más.

Levantando la cabeza, buscó sus ojos y Damien la apretó contra él con un ritmo tan antiguo como el tiempo. Mientras la besaba, apretaba sus nalgas apasionadamente. El corazón de Emma latía a mil por hora y le faltaba aire. Nunca había sentido algo así.

Encendida, tiró ciegamente de la camisa, pero él apartó sus manos y las puso sobre su torso, tan masculino, tan viril.

Su fuerza era como un afrodisíaco.

Notó que le quitaba la blusa y, poco después, sintió una corriente de aire frío en el pecho. Uno, dos, tres segundos más y el sujetador había desaparecido.

Aplastada contra el torso masculino no pudo contener un gemido… que Damien se tragó con un beso, metiendo la lengua en su boca mientras acariciaba sus pechos. Sus pezones se levantaron aunque no los había tocado y, más abajo, estaba hinchada y húmeda.

–Eres tan dulce… –musitó él, deslizando los labios por su cuello y el nacimiento de sus pechos.

Emma contuvo el aliento mientras, suavemente, la tumbaba sobre la colchoneta y se inclinaba para tomar uno de los pezones en la boca.

–Oh, Damien...

–Me gusta cómo dices mi nombre –murmuró él, mientras besaba su abdomen, sus caderas...

Luego tiró de las braguitas para encontrar su punto más sensible y Emma se estremeció ante la íntima caricia. Sentía el roce de sus dedos y el calor de su aliento a la vez, experimentando un placer que no había experimentado nunca.

Era como si estuviese tomándola con las manos, con la boca. Sin que pudiera controlarlo, todo su cuerpo empezó a temblar con el inicio de un poderoso orgasmo.

Emma se apartó antes de caer al abismo, pero él siguió besando el interior de sus muslos, su estómago. Todas las células de su cuerpo gritaban para que Damien la llenase por fin, para que la llevase al final. Su deseo por él la dejaba sin aire.

–Te necesito dentro de mí –musitó, agarrándose a sus hombros, perdiéndose en la oscura mirada.

Sin decir una palabra, Damien se quitó el pantalón y los calzoncillos para ponerse un preservativo antes de separar sus piernas.

–Agárrate a mí –le dijo, con voz ronca de deseo.

Y luego se perdió dentro de ella con una embestida que la dejó sin aliento.

La llenaba, ensanchándola hasta tal punto que casi no podía respirar. Cómo la tomaba, cómo la miraba al hacerlo resultaba casi primitivo. Estaba reclamándola como suya y nunca podría volver a ser la misma de antes.

Con el corazón palpitando con mil abrumadoras sensaciones, Emma acarició su cicatriz. Damien cerró los ojos un momento y giró la cara para besar su mano.

Después siguió empujando, moviéndose dentro de ella, y el deseo desesperado que Emma sentía con cada embestida la empujaba un poco más hacia el final.

–Lo quiero todo, Emma. Dámelo todo –murmuró.

Sus exigencias, su poderoso empuje y todos los sentimientos que experimentaba estando con aquel hombre eran demasiado. De repente, sintió que algo dentro de ella se rompía y un profundo espasmo de placer la sacudió como nunca antes en su vida.

Un segundo después él, mascullando algo ininteligible, se dejó ir, estremecido.

La experiencia fue tan poderosa que Emma tardó un momento en volver a respirar.

Sintiendo los latidos del corazón de Damien sobre su pecho, abrió los ojos, preguntándose si el terremoto que acababa de tener lugar habría tirado la cortina que cubría la tumbona… o el hotel al completo.

–Sabía que había algo entre nosotros, pero…

–A mí también me ha sorprendido –dijo Emma, sin aliento.

–Quiero que te reúnas conmigo en la suite –murmuró él, sacando una llave del bolsillo del pantalón mientras se vestía–. Quiero estar más tiempo contigo.

Después de ponerse la ropa, Emma guardó la llave en el bolso.

—¿Es una orden?

—No, en absoluto —Damien sonrió mientras se inclinaba para arreglarle la blusa. El gesto, tan considerado, la tomó por sorpresa—. Es una invitación. Pero sal tú primero, no quiero dejarte aquí sola.

—¿Por qué no?

—Porque tienes la irresistible expresión de una mujer que acaba de… —no terminó la frase—. Confía en mí. Una sola mirada y todos los buitres del hotel se te echarían encima. Sal tú primero, me reuniré contigo enseguida.

Sintiéndose un poco mareada, Emma se puso las sandalias y respiró profundamente antes de apartar las cortinas. Al ver que no había nadie espiándolos, salió del capullo de lino blanco y se dirigió a la puerta del hotel, con la brisa del mar enfriando su encendida carne.

¿Qué había hecho?, se preguntó. Aunque su experiencia sexual era más bien limitada, no recordaba haber sentido nunca lo que había sentido con Damien. Físicamente había sido increíble, pero había habido algo más profundo… a menos que lo hubiera imaginado.

¿Se atrevía a ir a su habitación? ¿Estaba loca?

Unos minutos después lo oyó llegar a su lado mientras esperaba el ascensor.

—¿Todo bien?

—Sí —contestó ella, aunque le temblaban las manos.

—Mentirosa —murmuró Damien.

—No estoy acostumbrada a estas cosas.

–¿Al sexo? –preguntó él, poniendo una mano en su espalda cuando se abrieron las puertas del ascensor.

Emma no quería admitir que no tenía mucha experiencia.

–A acostarme con mi jefe. Es nuevo para mí.

Damien sonrió.

–Pues me alegro de que te hayas dejado llevar.

–¿Ah, sí? Pues puede que esto suene absurdo, pero no quiero que pienses que soy tan fácil.

–¿Fácil? Pero si conquistarte ha sido como derribar Fort Knox.

–¿No estás exagerando? –rió Emma.

–Me habría gustado hacer lo mismo en tu coche, en la oficina, en la cena benéfica…

–¿Qué?

–Tienes algo, no sé qué es. Tienes algo y lo quiero para mí.

Las puertas del ascensor se abrieron cuando llegaron a su planta.

–Damien…

–Pero depende de ti. Tienes la llave de mi habitación.

Emma salió del ascensor y se quedó parada frente a la puerta de la suite. Había pensado que era un hombre frío y sin corazón, pero era más ardiente que una hoguera encendida en la noche más fría y más aterradora de su vida.

Se preguntaba qué podía tener ella que lo interesase tanto y su corazón dio un pequeño saltito. ¿Tenía valor para ir a su habitación? ¿Tenía valor para ir con él?

Capítulo Diez

Dos horas más tarde, después de haber hecho el amor otra vez, estaban sentados en el balcón, tapados por una manta, con las estrellas brillando sobre sus cabezas.

–¿Habías hecho esto antes? –le preguntó Emma–. No, déjalo, no me contestes.

La verdad era que Damien nunca había sentido la magia que experimentaba estando con ella.

–Sentarme en un balcón con una mujer preciosa de madrugada... no, no lo había hecho nunca.

–Yo no diría «preciosa».

–Yo sí.

–Estás hablando de sexo.

No, no era eso. Damien había descubierto lo dulce que era Emma Weatherfield. No sólo era bella por fuera, sino también por dentro. Y era leal. Él mismo había recibido esa lealtad.

–Hay muchas estrellas. ¿No quieres pedir un deseo?

–Si creyera que los deseos se hacen realidad, querrás decir –sonrió Damien.

–Sí, bueno... Yo pedía muchos cuando era pequeña. Cuando soplaba las velas de la tarta de cumpleaños, por ejemplo.

–O cuando veías una estrella fugaz, seguro. ¿Qué cosas pedías?

Emma respiró profundamente, apoyando la cabeza en su hombro.

–Que mi madre dejase de jugar. Que nunca volviese a jugar.

–Ya me imagino –Damien acarició su pelo–. ¿Nunca pedías algo frívolo, superficial?

–No sé… No, no lo creo.

–Sólo deseos de supervivencia.

–Tú también has pasado por eso, ¿verdad?

–Sí, yo también –asintió él–. Bueno, dime algún deseo que no tenga que ver con algo importante de tu vida.

–¿La paz mundial?

–Algo que no sea importante –rió Damien.

–No sé… Un apartamento nuevo con jacuzzi y piscina.

–Eso suena bien.

–Perder cuatro o cinco kilos.

–¡Ni se te ocurra! No tienes que perder ni un gramo.

Ella lo miró, incrédula.

–Pero tú podrías salir con una modelo, con una chica que tuviera un cuerpo perfecto.

–El tuyo es perfecto –murmuró él, deslizando la mano por su brazo–. Más cosas.

–A ver… Unas vacaciones en algún lugar exótico.

–Más.

–Un perro.

–Pero te haría falta una niñera para el perro.

–Sí, es verdad –rió Emma–. Bueno, ahora te toca a ti. ¿Qué pedirías?

–Yo no pido deseos, me pongo objetivos.

–Ah, claro, eso es lo que diría un hombre realmente frío y despiadado –sonrió ella–. ¿No pedías nada cuando eras pequeño, cuando creías que pidiendo un deseo mientras soplabas las velas de la tarta iba a hacerse realidad?

Él negó con la cabeza.

–Cuando era pequeño mi familia se rompió, así que deseaba que volviéramos a unirnos, que mi padre y mi hermano no hubieran muerto en un accidente de tren… que mis otros hermanos y yo no fuéramos una carga tan pesada para mi madre después de eso.

Emma levantó la cabeza.

–Dios mío, es horrible.

–No es fácil desear algo superficial cuando todo tu mundo se ha desplomado.

–Pero al final decidiste comprarte un Ferrari –sonrió ella.

Damien soltó una carcajada.

–Sí, es verdad. Pero te aseguro que no contaba con conseguirlo sólo por soplar las velas.

–No, pero eso demuestra que algunos deseos se hacen realidad.

–Muy bien, de acuerdo. Una vez deseé una bicicleta a la que no se le cayese la cadena.

–¿Y la conseguiste?

–No –dijo él–. Y cuando pude comprarme una ya no me interesaba. Esperé mucho tiempo hasta que pude comprarme un coche y hasta entonces tenía que viajar en transporte público. El primero era un cacharro; el techo de lona se hundía cada vez que caían cuatro gotas y era de un color... no sé cómo describirlo... ah, sí, herrumbre. Y se tragaba la gasolina como si fuera agua.

–¿Y cómo has llegado hasta donde estás empezando tan abajo? –rió Emma.

Damien se encogió de hombros.

–Trabajando todo el tiempo. Cuando no estaba trabajando estaba estudiando. Cuando cumplí los veintidós tenía tres negocios: una pequeña empresa de contabilidad, un almacén y un servicio de cafetería para una empresa local.

–¿En serio?

–Luego empecé a trabajar para una auditoría y cuando me ofrecieron el puesto de vicepresidente decidí que estaba preparado para abrir mi propia empresa de reorganización. El dinero empezó a entrar a espuertas, pero yo seguía viviendo como lo que soy: un niño de casas de acogida. Eso sí, invertí bien. Y, de repente, tenía tanto que no sabía qué hacer con él.

–Menuda historia –suspiró Emma.

–La primera vez que celebré las Navidades fue hace dos años, en el yate de mi hermano Rafe. Y nuestro otro hermano, el que vive en Atlanta, también se reunió con nosotros. Al principio era como un funeral... hasta que empezamos a beber y a jugar al billar.

–Ah, suena interesante. ¿Quién ganó?

–Yo, por supuesto –contestó Damien–. Mis hermanos estaban ebrios.

Emma suspiró, apoyando la cabeza en su hombro de nuevo.

–¿Qué piensas?

–Que al menos has conseguido reunir a tu familia y os tenéis los unos a los otros. Eso es más de lo que puede decir mucha gente. Nadie ha tenido una vida perfecta.

–Salvo Alex Megalos y Max De Luca –dijo él, sin poder disimular una nota de resentimiento.

–Ninguno de ellos ha tenido una vida fabulosa. El padre de Alex lo desheredó cuando empezó a trabajar para MD y el de Max estuvo a punto de arruinar a la familia. Además de eso, Max tenía que lidiar con su hermanastro, que estaba involucrado en actividades… de dudosa legalidad. Y su matrimonio tampoco empezó con buen pie… –Emma se quedó callada de repente, como si se hubiera dado cuenta de que estaba hablando demasiado–. Claro que ahora todo le va bien. Max es un padre estupendo.

Damien absorbió esa información, grabando cada detalle en su memoria para estudiarlo más adelante. Emma podría haberle dado la clave que necesitaba para arruinar a Max De Luca.

–¿Tienes frío? –murmuró–. Creo que ya es hora de volver a la habitación para… entrar en calor.

Con un pantalón corto y una camiseta sin mangas sobre el biquini, Emma aceptó la mano del hermano de Damien para subir al yate.

–Soy Rafe. Bienvenida a mi humilde morada en el mar.

Podía ver el parecido entre los dos hermanos: pelo oscuro, ojos oscuros. A primera vista, Rafe parecía más relajado, menos imponente.

–Emma Weatherfield –se presentó ella–. Soy la ayudante de Damien en MD.

–¿Tu humilde morada? –bromeó Damien–. Tú no sabes lo que significa esa palabra.

–Encantado de volver a verte –sonrió Rafe, estrechando su mano.

–Es muy generoso por tu parte habernos invitado –dijo Emma.

–No he tenido más remedio, me ha obligado este dictador. Pero que conste que estoy encantado. Y si decides que te apetece un cambio de escenario, me vendría muy bien tener una ayudante como tú en la empresa.

–No empieces –le advirtió Damien.

–Yo soy mucho más divertido que él, de verdad –sonrió Rafe–. Ven, voy a enseñarte el barco.

Después de pedir unos refrescos a un miembro de la tripulación, le mostró las dos cubiertas, los camarotes, la cocina bien equipada, el elegante salón y, por fin, un salón de juegos con mesa de billar.

–Siempre intento convencer a tu jefe para que echemos unas partidas de billar, pero está casado con su trabajo.

–Sí, seguro. Lo que pasa es que no soportas que te ganase la última vez.

–Te da miedo volver a jugar –lo retó Rafe.

–Siempre has tenido una gran imaginación.

–Venga, vamos a llevar a la señorita a dar un paseo –rió su hermano.

Y salieron a navegar. Emma, reclinada en una cómoda tumbona, observaba el sol brillando sobre la superficie turquesa del agua mientras tomaba un refresco. Aquello era vida, pensó.

Pero como apenas había pegado ojo la noche anterior, se quedó dormida. Al despertar, descubrió que estaba sola y se levantó para ir a buscar a Damien. Enseguida oyó voces en la cubierta inferior.

–¿Cómo es que te han puesto una ayudante tan guapa? –estaba preguntando Rafe.

–No lo sé. A lo mejor De Luca quería distraerme.

–Entonces es que no te conoce.

–Ella es diferente –admitió Damien.

–¿Ah, sí? No te había oído decir eso de ninguna mujer.

–Da igual. Emma es leal a MD.

–¿Y crees que debería serte leal a ti? Tú no pagas su sueldo y su futuro depende de MD –le recordó Rafe.

–Sí, ya lo sé. Lo lógico es que sea leal a la empresa.

–¿Crees que De Luca sabe quién eres?

–No, está demasiado ocupado atendiendo sus propios intereses. Para él solamente soy un estorbo que está robándole parte del control de su empresa.

Emma se quedó estupefacta. De modo que

Damien sabía que era leal a Max. Sin embargo, había hecho el amor con ella y estaba segura de que había sido él quien compró el boleto del Tesla Roadster. Pero insistía en decir que no. ¿Por qué?

Damien levantó entonces la mirada.

–Hola, Emma. ¿Ya te has despertado?

Ella vaciló un segundo, incapaz de leer su expresión, sus ojos escondidos tras las gafas de sol.

–Sí, no sé cómo me he quedado dormida –murmuró mientras bajaba para reunirse con ellos.

–¿No estás mareada? –preguntó Rafe.

–No, en absoluto.

–Ah, una mujer que no se marea en un barco es perfecta. ¿Seguro que no te gustaría trabajar para mí?

–Rafe… –empezó a decir Damien.

–Qué hombre. Tengo que intentarlo, ¿no? –protestó Rafe–. Bueno, voy a ver si el almuerzo está listo.

–Mi hermano es de los que hacen lo que sea para salirse con la suya –sonrió Damien, pasándole un brazo por la cintura–. De pequeño era igual. Entonces se inventaba historias para evitar que lo castigasen. Era un seductor, así que le fue bien con su familia de acogida.

–Y le gusta estar contigo, ¿verdad?

–Sí, creo que sí. Cuando mi padre murió y mi madre no pudo seguir cuidando de nosotros tuvieron que separarnos porque éramos demasiado mayores como para ser acogidos por una sola familia… y eso le dolió en el alma.

–¿Y tu otro hermano?

–Se siente culpable porque era él quien debería haber ido en el tren con mi padre. Tiene complejo de culpa y lo compensa trabajando a todas horas.

–Ah, entonces tenéis algo en común.

–Yo me estoy tomando un día libre, ¿no? Estoy aquí, contigo.

–Un trabajo muy duro, ¿eh?

Damien la miraba con una sonrisa tan simpática que, tomando su cara entre las manos, Emma lo atrajo hacia sí para darle un beso.

–¿Cuándo te has vuelto tan fogosa?

Buena pregunta, pensó, mientras se le doblaban las rodillas.

Emma se dejó llevar por la tentación y compartió la habitación de Damien durante los días que estuvieron en South Beach. Pero cada minuto era más maravilloso que el anterior, de modo que ¿cómo iba a tener queja alguna?

Evaluaron el hotel durante el viaje de vuelta a Las Vegas.

–Estoy intentando encontrar algo que criticar, pero no encuentro nada. ¿Soy yo o todo ha sido perfecto?

–Debemos preparar un informe a pesar de que, evidentemente, estaban avisados de nuestra llegada.

Emma apartó la mirada.

–¿Las camas eran demasiado blandas, demasiado duras?

–Preguntaba Ricitos de oro –rió Damien.

–Muy bien, la comida. ¿Qué tal era la comida?

–El desayuno lo sirvieron puntualmente, la comida siempre estaba caliente y en su punto...

–¿El servicio en la playa?

–Bien, sirven y desaparecen para dejar en paz a los clientes.

–De modo que nuestra recomendación sería comprar –dijo Emma.

Él negó con la cabeza.

–El informe debe decir que el hotel está bien gestionado.

–¿No vas a hacer ninguna recomendación?

–Desgraciadamente, como todo el mundo había sido alertado de nuestra presencia, no puedo ofrecer ninguna.

–Sí, claro, imagino que tienes razón –asintió Emma, sintiéndose culpable.

–Normalmente la tengo –bromeó Damien, con un tono más resignado que cínico.

Una vez de vuelta en la oficina, Emma tuvo que luchar diariamente contra sus sentimientos por Damien. Cuando cerraban la puerta era fácil para él tomarla en sus brazos, acariciar su pelo... A veces la llamaba a su despacho sólo para darle un beso.

Aquella mañana, una docena de rosas mezcladas con nomeolvides adornaban su escritorio. No había ninguna tarjeta, pero sabía de quién eran.

–¿Puedo invitarte a cenar, Emma? –le preguntó por la tarde–. Has trabajado mucho esta semana y creo que debería recompensarte de alguna manera.

–No sé si es buena idea que nos vean juntos en público, Damien.

–¿Por qué no?

–Porque nadie debería saber lo que ha pasado entre nosotros.

–Lo que está pasando entre nosotros. No ha terminado.

–Es temporal –dijo ella–. Yo seguiré aquí cuando tú te marches.

–Y no quieres que la gente piense que has estado confraternizando con el enemigo, ¿es eso?

–Si quieres saber si me preocupa mi reputación, la respuesta es sí. Como te he dicho, tú no vas a quedarte…

–Podría ofrecerte otra opción.

–¿Qué?

–Podrías trabajar para mí –dijo Damien–. Yo trato bien a mis empleados, pregúntale a cualquiera.

–¿Tan bien como me has tratado a mí? –preguntó Emma.

Él suspiró, sentándose sobre la esquina del escritorio.

–Sabes que hay algo entre tú y yo, no entiendo por qué sigues luchando contra ello.

–Porque es complicado.

–No tiene que serlo. Yo te deseo, tú me deseas a mí. Es muy sencillo.

Emma no podía negarlo, de modo que no dijo nada.

–Voy a llamar a Allister's para que nos traigan la cena. Espero que te guste el champán –anunció Damien con una irritante sonrisa antes de cerrar la puerta de su despacho.

Capítulo Once

El gemido de satisfacción de Emma lo excitó de inmediato. Aunque la fuente del placer en aquel momento era una mousse de chocolate, recordaba bien otros gemidos, cuando compartían cama en South Beach.

Tomando un sorbo de Dom Pérignon, la observó por encima del borde de s copa. Cuanto más tiempo pasaba con ella, más la deseaba. Pero quería algo más que sexo; quería su afecto, su confianza, su lealtad. Y la fuerza de ese deseo lo sorprendía.

–No te gusta nada el chocolate, ¿verdad? –bromeó.

–Había oído todo tipo de cosas sobre ti, pero nadie me había dicho que... –Emma no terminó la frase.

–¿Qué? –preguntó Damien.

–Que pudieras ser tan seductor.

–Porque ésta es la primera vez que intento seducir a alguien. No tengo mucha práctica.

–Sí, seguro. Es evidente que no tienes experiencia.

–Bueno, la verdad es que nunca había seducido a una compañera de trabajo. Pero hay algo en ti...

–No intentes halagarme, no hace falta.

–No intento halagarte –Damien hizo chocar su copa con la suya–. Estoy diciendo la verdad. Bueno, ¿vas a dejar de hacerme sufrir dándome un beso o tengo que suplicártelo?

–No tienes cara de estar sufriendo –rió ella.

–Pero así es. Y sólo tú puedes salvarme.

Era ridículo que ella pudiera salvar a un hombre tan poderoso de nada... pero tenía la corbata torcida y su mirada decía «te deseo».

Damien siempre la invitaba de alguna forma y esas invitaciones eran irresistibles.

Tan irresistibles que se inclinó para darle un beso en los labios y, cuando él la sentó sobre sus rodillas, no encontró fuerzas para protestar. Sus labios eran maravillosos, sus caricias la hacían olvidar el resto del mundo. Casi podría creer que significaba algo para él. Casi.

Con cada beso aumentaba la temperatura y, al final, desabrochó su camisa y la apartó a un lado para acariciar su piel.

Damien hizo que su blusa desapareciera como por arte de magia y pronto quedó con los pechos desnudos. Sin perder un segundo, la colocó sobre su duro miembro y empujó para enterrarse dentro de ella.

Enredando los dedos en su pelo, buscaba sus labios mientras empujaba hacia arriba, tirando de sus caderas, y el clímax de Emma empezó de inmediato. Creyó que no podría soportar tantas sensaciones, pero él siguió empujando hasta que, por fin, se dejó ir.

Unos segundos después él la siguió, apretando sus nalgas y tomando su boca al mismo tiempo que tomaba el resto de su mente, su cuerpo y, que Dios la ayudase, su alma.

Segundos, minutos, horas después, la apretó contra su pecho, sus corazones latiendo al mismo tiempo.

–Vete tú primero –le dijo–. No quiero que la gente murmure sobre nosotros y si salimos juntos lo harán. Te seguiré hasta tu apartamento para comprobar que has llegado bien.

Aún sofocada por el apasionado encuentro, Emma intentó encontrar palabras.

–¿Irme?

–Si no te vas… te deseo otra vez, cariño.

Lo que ella quería era seguir entre sus brazos toda la noche. Más, si era posible.

–Irme –repitió.

–Tú primero. Yo te seguiré.

Cuando se levantó sus rodillas protestaron, pero Damien la sostuvo.

–¿Estás bien?

–Más o menos –murmuró Emma, con la mente aún nublada por la pasión.

–¿Quieres que te lleve a casa?

–No, no, estoy bien.

–La verdad es que preferiría que durmieras en mi ático.

–No creo que sea buena idea.

Damien tiró de ella para darle un beso largo y posesivo que la aturdió aún más.

–Tengo que irme…

–Buenas noches.

La vio salir del despacho sintiendo un anhelo que iba más allá del sexo, más allá de todo. No recordaba haber deseado tanto a una mujer. Había pensado que el fin de semana en South Beach calmaría ese deseo, pero lo había empeorado. La deseaba y estaba decidido a tenerla.

Mientras salía del edificio, Emma se sentía como una diosa del sexo. Y como una cualquiera. Aquello era una locura, pensó mientras subía al Tesla Roadster. No podía continuar.

Cuando se miró en el espejo retrovisor vio que estaba despeinada, con los labios hinchados… Parecía recién levantada de la cama. Tapándose la cara, intentó ordenar sus pensamientos. Había perdido la cabeza con Damien.

Ella, que durante años había sido la persona más sensata del mundo. Claro que lo había sido por culpa de los problemas de su madre…

Pero había algo en Damien que la hacía bajar la guardia y ahora tenía que volver a levantarla. Después de todo, debería estar espiándolo en el trabajo, no espiándolo cuando estaba desnudo.

Mirando de nuevo por el retrovisor cuando salía del aparcamiento vio detrás de ella el Ferrari de Damien. Tenía que empezar a controlar la situación. Al día siguiente, se dijo a sí misma. Al día siguiente lo haría.

***

Damien llegó temprano a la oficina y dejó un ramo de rosas blancas y nomeolvides sobre el escritorio de Emma. Lo que sentía por ella se estaba convirtiendo en un deseo obsesivo y había decidido que lo mejor sería que se fuera a vivir con él. La alejaría de MD ofreciéndole un sueldo mejor y la retendría a su lado hasta que se cansara.

¿Cuándo sería eso?, se preguntó.

Aunque sabía que era inexperta, la encontraba absolutamente irresistible y, al oír que se abría la puerta, sintió su presencia en las entrañas. En un segundo la vería, la besaría, la abrazaría, pensó.

–¿Damien?

–Entra –dijo él, levantando la mirada.

Pero Emma no parecía muy alegre. Llevaba un vestido negro y estaba pálida, con ojeras.

–No puedo seguir haciendo esto –le dijo–. No estoy hecha para mantener una aventura en la oficina. A partir de ahora, nuestra relación tendrá que ser estrictamente profesional –su voz se rompió entonces–. Tener una relación contigo… es imposible para mí, no puedo pensar con claridad. No soy tan sofisticada como para mantener ese tipo de aventura.

El dolor que había en sus ojos evitó que Damien se enfureciese. Tenía miedo de la pasión que había entre ellos y quizá hacía bien. Quería seguridad y, para Emma, él representaba una caída en el vacío.

Pero no pudo evitar la decepción porque sabía que sentía lo mismo que él. Y también sabía que podría hacer que se retractase tomándola en sus brazos, pero el brillo de vulnerabilidad que había en sus ojos lo detuvo.

Quería que Emma lo eligiese a él. Quería que se abriera para él en todos los sentidos. Y, al mismo tiempo, estaba protegiéndose a sí mismo.

–Entiendo –dijo por fin. Pero estaba decidido a hacerla cambiar de opinión.

Veinticuatro horas después, Emma escuchó un mensaje en su móvil que la dejó helada. La llamada había entrado mientras estaba en una reunión, tomando notas para Damien.

–Cariño –era su madre, con la voz rota–. Lo siento mucho, pero he vuelto a meterme en un lío.

Media hora después, Emma descubrió que su madre había estado jugando al póquer en Internet y había perdido un cuarto de millón de dólares.

Al día siguiente volvió a la oficina e intentó disimular, pero su angustia debía de ser evidente.

–¿Qué ocurre? –le preguntó Damien.

–Nada, es algo personal –contestó ella, sin mirarlo.

Damien giró su sillón y la obligó a mirarlo.

–Tú y yo tenemos una relación tan personal como pueden tenerla un hombre y una mujer. Dime por qué estás disgustada.

Emma se mordió los labios. Se sentía tan avergonzada, tan desesperada… Aunque no era ella quien había perdido ese dinero, se sentía responsable.

–Tengo que vender el Tesla.

–¿Por qué?

–Por el dinero.

–¿Y eso?

–Tengo que venderlo, Damien. ¿Puedes ayudarme?

–Sí, claro. ¿Qué necesitas?

–Un cuarto de millón de dólares –contestó ella, con un nudo en la garganta.

–¿Y para qué necesitas un…? Ah, ya lo entiendo: tu madre.

Emma asintió con la cabeza.

–¿Ha vuelto a jugar otra vez? ¿No me dijiste que se había ido de Las Vegas precisamente para evitar la tentación?

–Sí, pero se ha dedicado a jugar al póquer por Internet.

–Pero tú sabes que, si pagas sus deudas, lo seguirá haciendo.

–Sé que podría volver a ocurrir, pero es que no tiene un céntimo. No puede pedir un préstamo en el banco porque no tiene ninguna propiedad y los prestamistas me dan pánico ¿Y si le hicieran daño? ¿Y si…? –Emma no podía decirlo en voz alta.

–Está claro que tu madre tiene una adicción.

–Sí, lo sé.

–Yo creo que lo mejor sería pagar ese dinero y llevarla a algún sitio para seguir un tratamiento. Creo que hay clínicas… como las de desintoxicación. Pero tendrás que ingresarla allí hasta que te confirmen que está curada del todo.

–No sé si hay sitios así.

–Estoy seguro de que los hay –dijo Damien–. Y habrá que encontrar el mejor.

–Pero si existen serán carísimos.

–La alternativa tampoco es barata –le recordó él.

–No sé si puedo permitírmelo…

–Yo sí.

–¿Cómo?

–Que yo sí puedo permitírmelo. Afortunadamente, el dinero no es un problema para mí.

–Pero yo…

–Tú y yo negociaremos un acuerdo.

Emma arrugó el ceño.

–¿Qué tipo de acuerdo?

–Muy sencillo: yo pago las deudas de tu madre y tú sigues siendo mi amante y mi leal ayudante ejecutiva.

–¿Pagarías las deudas de mi madre a cambio de mi lealtad?

–Te compensaré económicamente de otras maneras, claro. Me parece lo más justo.

Ella tuvo que contener una ola de náuseas.

–Quieres que venda mi integridad…

–Eso suena horrible. Ya te has acostado conmigo y sabes que no tenemos ningún problema en ese aspecto.

Emma se tapó la cara con las manos.

–No tendría futuro en MD.

–Yo cuidaría de ti.

–Hasta que te cansaras, naturalmente –le espetó ella, mirándolo a los ojos–. ¿Cuánto tiempo crees que duraría?

–En realidad, creo que sería por un tiempo indefinido –Damien apretó su mano–. Nunca he conocido a una mujer como tú, con tantas cualidades. Y no creo que vuelva a encontrarla.

Emma vio algo en sus ojos… No sabía si era deseo, necesidad, afecto; algo que hacía que su oferta fuese más aceptable. Y, sin embargo…

–Tengo que pensármelo.

–¿Cuánto tiempo tienes?

–No mucho, le debe dinero a mucha gente. Mi madre no es capaz de entender que tiene una enfermedad.

–Por eso podría volver a pasar. Y por eso necesita ponerse en tratamiento. Piénsalo y dame una respuesta, Emma.

Emma apenas pudo pegar ojo en toda la noche. ¿Cómo podía vender su lealtad, su integridad? Esa idea la ponía enferma. Intentaba encontrar otra alternativa, cualquier otra opción, pero las posibilidades la dejaban endeudada de por vida. Y sin un tratamiento profesional, su madre podría recaer.

Tenía que pagar ese dinero como fuera. ¿Y si alguno de sus acreedores era un mafioso? ¿Y si la mataban?

No podría seguir viviendo si le ocurría algo. Su madre necesitaba un tratamiento, algún sitio donde pudieran curarla de esa terrible adicción.

Después de una noche interminable por fin amaneció y Emma tuvo que aplicarse maquillaje para disimular las ojeras. Pero había tomado una decisión. Con un traje de chaqueta de color crema, se dirigió directamente al despacho de Damien y se quedó de pie frente al escritorio, obligándolo a levantar la mirada.

–Buenos días.

–No sé si son buenos –suspiró ella–. Ayer me hiciste una oferta, me gustaría conocer los términos.

–Pensé que los había dejado claros. Yo pagaré el cuarto de millón de dólares y el tratamiento de tu madre a cambio de tu lealtad como mi ayudante ejecutiva y como mi amante.

–Supongo que el trato tendrá una fecha de caducidad.

Damien levantó una ceja.

–¿Ah, sí?

–Sí.

–Muy bien, dos años.

–Uno –replicó Emma.

–De acuerdo, pero podríamos tener que renegociar.

–Sólo quiero dejar claros cuáles son los términos. Y necesito un par de días libres.

–Muy bien. Te haré una transferencia a la cuenta que me digas.

Emma volvió a sentir una oleada de náuseas, pero respiró profundamente para contrarrestarla. Aquello era lo único que podía hacer, de modo que tomó el bolso y sacó un papel en el que había anotado el número de su cuenta.

–Gracias.

–Emma…

–Tengo muchas cosas que hacer. Hablaremos más tarde –lo interrumpió ella antes de salir del despacho.

Después tomó el ascensor hasta la planta ejecutiva y, escuchando el eco de sus tacones sobre el suelo de mármol, se dirigió al despacho de Alex Megalos. Siempre le había parecido que Alex era un poco más humano que Max y sería más fácil contárselo a él. Desgraciadamente, según su secretaria, no iría a la oficina aquel día.

Reuniendo valor, entró en la oficina de Max.

–Me alegro de verte, Emma. Gracias por advertirnos sobre lo de South Beach. Creo que hemos podido evitar cualquier objeción por parte del consejo.

–No puedo seguir haciendo esto –dijo ella entonces.

–¿Perdona?

–No puedo seguir espiando a Damien Medici.

–¿Por qué?

–Es imposible fingir que estoy intentando ayudarlo mientras, a la vez, hago todo lo posible por bombardear su trabajo –la desaprobación que veía en los ojos de Max la hizo sentir enferma–. Lo siento, pero no puedo hacerlo. Y entenderé que quieras despedirme.

Max De Luca se quedó en silencio durante unos segundos.

–No –dijo después–. Lo que te pedimos que hicieras sería muy difícil para cualquiera, imposible para muchos. Medici no estará aquí para siempre, pero tú has sido una empleada leal y siempre tendrás un puesto de trabajo en MD.

–Gracias –murmuró Emma, sintiéndose como una traidora–. Eso significa mucho para mí.

Angustiada por su madre y por el despreciable trato al que había llegado con Damien, salió del edificio y se dirigió a su apartamento. Una vez allí, encendió el ordenador portátil, entró en Internet y empezó a buscar clínicas u hospitales donde tuvieran un tratamiento para la adicción al juego.

En unos días las deudas de su madre estarían pagadas, pero el gran problema, su enfermedad, tenía que ser tratado de inmediato.

Esa noche, después de comer un sándwich, estaba buscando algún vuelo barato a Missouri cuando sonó el timbre y, por la mirilla, vio que era Damien, aún con el traje de chaqueta que había llevado en la oficina. Con una mezcla de alivio y miedo, Emma abrió la puerta.

–Hola.

–Hola –dijo él–. He pensado venir a verte para ver qué planes tenías.

–Estaba buscando vuelos a Missouri. Y clínicas en las que traten el problema de mi madre.

–Yo le he pedido a uno de mis empleados que buscase –la interrumpió Damien, sacando un sobre del bolsillo–. He traído una lista de tres clínicas que, según parece, tienen muy buena fama.

Sorprendida por su consideración, Emma aceptó el sobre.

–Gracias.

–Puedes ir a Missouri en mi jet.

–No es necesario, puedo ir en un vuelo regular.

–Te dije que cuidaría de ti –le recordó Damien–. Y no tienes que ir sola, puedo ir contigo.

Emma tuvo que luchar contra el deseo de apoyarse en él. Llevaba tantos años lidiando sola con los problemas de su madre… Toda la vida. Pero no podía acostumbrarse a eso, no sería sensato.

–Es mejor que vaya sola. Tú ya me estás ayudando mucho.

–No has hecho un trato con el diablo –dijo él entonces–. Mírame a los ojos, Emma, puedes contar conmigo.

Capítulo Doce

Convencer a su madre de que tenía un problema muy serio que requería su ingreso en una clínica de rehabilitación no fue tarea fácil pero, entre lágrimas, Kay tuvo que aceptar que no podía seguir así. Emma la ayudó a hacer la maleta y, unas horas más tarde, subían al avión que las llevaría a la clínica donde, supuestamente, la curarían de una adicción que había sido una condena para ella durante toda su vida.

Setenta y dos horas después de haberse marchado, el vuelo de regreso aterrizaba en el aeropuerto de Las Vegas. Emma estaba tan agotada y tan triste que podría ponerse a llorar, pero aún tenía que tomar un taxi para llegar a casa.

Sin embargo, cuando salió de la terminal lo primero que vio fue el Ferrari de Damien.

—¿Qué tal ha ido?

—¿Cómo sabías...?

—Tengo mis fuentes de información —sonrió él—. ¿Qué tal todo con tu madre?

—Por fin ha admitido que tiene un problema. Aunque no fue fácil.

—Kay tiene suerte de que seas su hija.

Emma cerró los ojos.

—Es absurdo, pero cuando era pequeña siempre me preguntaba si los problemas de mi madre eran culpa mía. Quizá si yo hubiera sido diferente…

–Por favor, no seas niña –la interrumpió Damien–. Tú eres lo mejor que tiene tu madre. Y estoy seguro de que ella diría lo mismo si le preguntasen.

–No sé…

–Esta noche dormirás en mi ático. Tu apartamento está más lejos del aeropuerto y, como mañana es domingo, he pensado que podríamos levantarnos tarde.

Demasiado cansada como para discutir, ella asintió con la cabeza.

–Estoy segura de que me quedaré dormida en cuanto vea una almohada.

De hecho, se quedó dormida antes de eso, en el coche. Sólo recordaba que Damien la había llevado en brazos hasta una habitación y que, de repente, estaba en una cama.

–Tranquila –le dijo al ver su expresión de alarma–. Duérmete.

Y, un segundo después, había vuelto a dormirse.

Se despertó con la deliciosa sensación de unos cálidos brazos masculinos a su alrededor. Cuando Damien besó su cuello Emma contuvo el aliento, pensando que querría hacer el amor. Pero, en lugar de eso, se levantó de la cama.

–Quédate ahí todo el tiempo que quieras. Yo voy a leer el periódico en la terraza.

Le sorprendió que no hubiera querido aprovecharse de la situación, pero estaba tan cansada que volvió a dormirse enseguida.

Un par de horas más tarde, después de un largo y relajante baño de espuma, se reunió con él en pantalón corto y camiseta. Mientras tomaban unos sándwiches preparados por el ama de llaves, Damien la tocaba frecuentemente; acariciaba su pelo o pasaba la mano por sus brazos, pero no eran caricias sexuales, sino afectuosas. Y eso la sorprendió.

Y después la sorprendió más haciendo la cena.

—Todos los hombres de la familia Medici saben cocinar. Mi padre nos enseñó cuando éramos muy pequeños porque su padre le había enseñado a él.

Emma lo observó mientras preparaba una salsa con tomates, espinacas, aceite de oliva y especias.

—Huele muy buen.

—Y sabrá mejor.

—¿Tu padre vivió en Italia?

Damien apretó los labios.

—Vino a vivir a Estados Unidos a los diecisiete años porque su padre lo había perdido todo. Bueno, no lo había perdido todo, lo estafaron. Le robaron la casa que había sido de su familia durante más de un siglo.

—Ah, qué pena.

—Las cosas empezaban a ir bien otra vez justo antes de que mi padre muriese y volvimos a perderlo todo.

–¿Lo echas de menos?

–Sí, claro –dijo él–. A mi abuelo y a mi padre, a los dos.

–Pero seguro que se sentirían muy orgullosos de ti.

–Eso espero. Mi abuelo era de la vieja escuela, de los que creían que, si una persona hacía daño a alguien de la familia, era tu deber hacérselo pagar.

–No sería de la mafia, ¿verdad?

Damien soltó una carcajada.

–No, qué va. Espera, prueba la salsa –le dijo, tomando un poco de salsa con un cucharón de madera.

Emma la probó y asintió con la cabeza.

–Deliciosa.

–Sí, lo eres –murmuró él, mirándola a los ojos.

Después de cenar en la terraza, Damien la convenció para que se bañaran desnudos en el jacuzzi, alejados de las miradas indiscretas por una mampara.

Emma pensaba que la tensión del viaje y la dolorosa reunión con su madre había desaparecido, pero la oscuridad y el masaje del agua la relajaron incluso más.

–Esto es maravilloso. Menos mal que no tengo un jacuzzi en casa o no saldría nunca –suspiró, tomando un sorbo de champán–. ¿Tú lo usas a menudo?

–Un par de veces desde que lo instalé. La verdad es que siempre estoy muy ocupado –dijo él, sentándola sobre sus rodillas y buscando su boca con un beso que la dejó sin aliento–. He estado pensando...

–Oh, no.

–No es tan malo –rió Damien–. He estado pensando que este arreglo debería ser permanente.

–Permanente –repitió Emma, sin entender.

–Deberíamos casarnos.

–¿Casarnos? Pero...

Damien sonrió antes de tomarla por la cintura.

–Piénsalo –murmuró sobre sus labios.

Emma despertó a la mañana siguiente al oír el ruido de la ducha y se estiró, sintiendo los efectos de la noche anterior en todos los músculos de su cuerpo. Al pensar en lo desinhibida que se había mostrado tuvo que cubrirse la cara con la sábana.

Pero, olvidándose de ese pudor adolescente, se puso el camisón que no se había puesto la noche anterior y fue a la cocina a preparar el desayuno. El aroma a café recién hecho le dijo que era demasiado tarde.

Mientras estaba sirviéndose una taza oyó el ruido de un fax y se acercó al estudio. Un escritorio de cerezo dominaba la habitación, iluminada por ventanales que llegaban hasta el techo.

El fax seguía recibiendo documentos y se acercó para comprobar que los papeles no se enganchaban. Pero, aunque su intención no era leer nada, el apellido De Luca llamó su atención y, echándole un vistazo rápido, comprobó que era un informe sobre el difunto hermanastro de Max, Tony De Luca.

Damien apareció en la puerta entonces, con unos pantalones oscuros y la camisa sin abrochar.

—He oído el ruido del fax y parecía que se habían enganchado los papeles… ¿qué es esto?

—Un informe. He hecho que lo investigaran.

—¿A Max?

—No es algo tan inusual.

—Pero aquí habla de su hermanastro, Tony.

—Parece que Tony robó dinero de MD. Uno de los abogados de la empresa estaba decidido a demandarlo pero, según parece, Max devolvió el dinero que su hermano había robado y sobornó al abogado para que no presentase cargos. Me preguntó qué pensará de esto el consejo de administración.

Emma lo miró, incrédula.

—¿Vas a contárselo? No veo por qué tendrías que hacerlo. No tiene nada que ver con la reorganización.

Damien apretó los labios.

—Siempre tan protectora con tus jefes… —le dijo, con un tono aterciopelado que no podía esconder cierta amargura—. No te preocupes, esto es entre Max y yo.

—Pero no entiendo…

—No, no lo entiendes. ¿Recuerdas que te conté que a mi abuelo lo estafaron?

—Sí.

—Pues fue el abuelo de Max De Luca quien lo

engañó. La casa de mi familia es ahora uno de los hoteles Megalos-De Luca en Italia.

–No creo que él lo sepa, Damien. Max es una persona honesta.

–Algunos no estarían de acuerdo –dijo el, señalando el informe.

–Pero eso lo hizo por su hermano, para protegerlo. Además, no pensarás usar esta información contra él por lo que hizo su abuelo, ¿verdad?

–Tres generaciones de mi familia han sufrido por culpa de los De Luca.

–¿Desde cuándo sabes eso? ¿Y por qué aceptaste la reorganización de MD sabiendo…? –Emma no terminó la frase porque acababa de descubrir la verdad: Damien había aceptado el encargo precisamente para hundir a Max.

Y si estaba consumido por un deseo de venganza, ¿qué decía eso de su relación? La había utilizado para conseguir información, ella misma le había dado la clave.

–Me has utilizado.

–Como tú me has utilizado a mí. ¿Crees que no sabía que informabas a Alex y Max de todos mis planes?

–¡Era mi obligación, yo trabajo para MD!

–¡Estabas espiándome!

–No, estaba informando a quienes son en realidad mis jefes, aunque me sentía fatal –suspiró Emma–. Pero de verdad pensé que yo te importaba.

–La ironía es que me importas y sé que yo te importo a ti. Es una situación desafortunada.

–Y anoche hablaste de matrimonio... ¿cómo puedes creer que tú y yo podríamos casarnos?

–También tú lo piensas, admítelo.

«Nunca», pensó Emma.

–No, Damien, no me casaría contigo porque yo sólo me casaría por amor y tú... tú no eres capaz de amar a nadie.

Capítulo Trece

Damien intentó razonar con Emma, pero ella no quería que se acercase, tan agitada estaba. Preocupado por ella, insistió en llamar a su chófer para que la llevara a casa. Y Emma salió del ático sin decir una palabra.

Lo había mirado como si fuera un monstruo y eso le dolía más que nada, pero intentó olvidarlo. Ahora tenía lo que necesitaba para hundir a Max De Luca y, por su familia, tenía que hacerlo.

Damien decidió, sin embargo, que quería darle una oportunidad antes de hablar con el consejo. De modo que llamó a su ayudante, que lo conectó de inmediato con Max, y el vicepresidente de MD aceptó verse con él.

Llevaba el informe en un sobre, dentro del bolsillo de la chaqueta. En cierto modo, era como llevar un arma escondida, pensó.

La ayudante de Max le informó de su presencia y lo acompañó al elegante despacho.

–Buenos días, Damien –lo saludó De Luca–. Sarah, ¿puedes traernos un café? Por favor, siéntate –dijo luego, señalando el sofá.

–Bonita vista –murmuró Damien, pensando que Max De Luca había vivido siempre rodeado de lujos; una vida totalmente diferente a la suya.

–Prefiero las montañas a la calle. Es mucho más relajante.

Sarah llevó una bandeja con el café y desapareció discretamente.

–Tengo entendido que los empleados que van a perder su empleo recibirán la noticia mañana –dijo Max, mientras servía el café–. Debo confesar que estaba en tu contra desde el principio, pero he mirado el nuevo mapa de organización y parece que has usado hábilmente un bisturí, no un hacha.

Sorprendido por el elogio, Damien asintió.

–Hay muchas maneras de hacer las cosas. Y, a veces, es necesaria una visión totalmente objetiva para hacer recortes.

–Es un proceso doloroso, pero creo que tú lo has hecho con cierta humanidad y me alegro. ¿Qué piensas hacer ahora?

Era una conversación irreal. Damien estaba hablando con el hombre al que había odiado durante toda su vida e intentaba seguir odiándolo pero, por alguna razón, no era capaz.

–Puede que me tome unas vacaciones. Tengo un hermano en Florida que insiste en que vaya a pasar unos días con él.

Max levantó una ceja.

–¿Unas vacaciones? No sabía que fueras de los que se toman tiempo libre. Yo también era así hasta que me casé con Lilli. Ella cambió mi vida.

–El amor de una buena mujer –murmuró Damien.

–Sí, claro. Aunque pensé que conmigo sería

imposible, ser padre te hace ver las cosas de otra manera.

Los dos se quedaron en silencio un momento.

–¿Conociste bien a tu abuelo? –le preguntó Damien después.

–No, qué va. Pero sé que era un hombre muy trabajador. Estaba decidido a ampliar la empresa como fuera, pero mi padre… en fin, él tenía sus propios problemas y me tocó a mí levantarla de nuevo. Tuve un hermanastro, pero ésa es otra historia. ¿Por qué lo preguntas?

–¿Has estado en el hotel que MD tiene en Florencia? –Damien observó a Max atentamente.

–Está en las afueras de la ciudad, ¿no?

–Sí, en medio del campo.

–He visto fotografías, pero no he ido nunca personalmente. ¿Por qué, hay algún problema?

–No, más bien hubo un problema con su adquisición.

–¿Por?

–Porque el hotel Megalos-De Luca fue una vez el *Palazzo* Medici y pertenecía a mi abuelo.

Quince minutos después, Damien salía del despacho de Max De Luca con un estado de ánimo absolutamente diferente al que tenía cuando entró. Max se había portado de manera razonable y el informe sobre su hermanastro parecía estar quemándolo a través del bolsillo de la chaqueta.

Damien había pasado toda su vida luchando por una cosa o por otra: la pérdida de su familia, un padre de acogida abusivo, la pobreza. Siempre había pensado que hundir a Max de Luca lo libraría de uno de sus demonios y, al mismo tiempo, ayudaría a vengar el daño que le hicieron a su abuelo.

Ahora que tenía la oportunidad de hacerlo, su apetito de venganza había desaparecido. No porque Max De Luca fuese una persona débil, que no lo era, sino porque durante la conversación Damien se había visto a sí mismo en aquel hombre.

Max era un hombre familiar. Su prioridad era cuidar de su familia y por eso había protegido a su hermanastro. Y su vida no había sido un lecho de rosas, por eso le brillaban los ojos cada vez que hablaba de su mujer y su hijo.

En realidad lo envidiaba porque no podía dejar de pensar en Emma y en lo que sentía cuando estaba con ella. Su sola presencia hacía que el mundo fuera un sitio mejor. Sonaba absurdo, pero ella lo hacía querer ser mejor persona.

Mascullando una maldición, entró en su despacho y sacó el sobre del bolsillo. Aquélla era la oportunidad que había esperado durante toda su vida. Tenía la pistola cargada, lo único que quedaba por hacer era apretar el gatillo...

Pero no iba a hacerlo.

Oyó entonces que se abría la puerta y cuando levantó la mirada se quedó sorprendido al ver a Emma.

—No esperaba que vinieras hoy.

—Tenemos un acuerdo y yo siempre cumplo mi

palabra –murmuró ella, encendiendo el ordenador.

Lo odiaba, pensó Damien. Y eso era como si le clavase un puñal en el corazón. ¿Cómo se había convertido aquella chica en alguien tan importante para él?

–He estado pensando sobre ese acuerdo y he decidido darlo por terminado.

Emma levantó la mirada, sorprendida.

–No sé cuánto tiempo tardaré en pagarte ese dinero, pero…

–No tienes que pagarme nada.

–Pero dijimos un año…

–He cambiado de opinión –la interrumpió Damien–. No puedo comprar tu lealtad ni tu confianza y no sé si querría hacerlo, así que me voy. Mi trabajo aquí está hecho. Puedes tomarte el resto del día libre… ah, espera, una cosa. Quiero que destruyas los documentos que quedan en la trituradora de papel. No quiero que quede ni rastro de ellos.

–Muy bien –Emma lo miró, confusa–. ¿Quieres que lo haga ahora mismo?

–Sí, por favor.

Pero al ver los documentos se llevó otra sorpresa.

–Es el informe sobre Max De Luca…

–Sí, lo es. No voy a necesitarlo.

–Muy bien –Emma no entendía nada.

–Gracias –dijo él, sin dejar de mirarla a los ojos, recordando las veces que le había sonreído, las veces que lo había besado, la noche que hablaron sobre sus deseos y Emma lo hizo desear otra vez.

–Gracias a ti. Por todo.

–Adiós –murmuró Damien, más para sí mismo que para ella.

Nunca iba a ser suya. Nunca.

Emma decidió llevar los papeles a su apartamento y quemarlos allí. Pero aún no se lo creía. Había estado tan furiosa con él el día anterior, pensando que la había utilizado. Luego, cuando descubrió que tenía información que pensaba usar contra Max De Luca, información que ella le había ayudado a encontrar, no sabía a quién detestaba más, a Damien o a ella misma.

Había tenido que hacer un esfuerzo sobrehumano para ir a trabajar, pero decidió hacerlo para cumplir con su acuerdo.

Entonces Damien, de repente, le decía que el acuerdo ya no tenía valor. Y quería que se deshiciera del informe sobre Tony De Luca...

Ya no sabía qué pensar.

Una vez en el patio, echó los papeles en un cubo de metal y los prendió con una cerilla. Mirando el fuego, se preguntó por qué habría decidido no usar aquella información contra Max.

Como Damien le había pedido, se tomó el resto del día libre. Después de hacer la colada y limpiar el apartamento puso la televisión un rato, pero la apagó enseguida, aburrida. Inquieta, decidió ir a dar un paseo por el parque.

Vio una pareja y pensó en Damien. Vio un golden retriever y pensó en Damien. Frustrada, decidió ir al cine a ver una película francesa. Eso tenía que distraerla. Pero a mitad de la película aparecía un personaje italiano...

Damien Medici parecía perseguirla por todas partes.

Por fin llegó la hora de irse a dormir y Emma se metió en la cama, deseando escapar de su recuerdo. Pero en lugar de eso soñó con él. Soñó que había muerto y despertó cubierta de sudor, gritando.

Abrazándose a sí misma, intentó llevar aire a sus pulmones.

Algo había cambiado, se daba cuenta. Sin saberlo, una parte de ella había empezado a contar con Damien. En su interior ya había tomado una decisión sobre él.

¿Su corazón quizá? De alguna forma, en algún momento, había empezado a amarlo.

Se le encogió el estómago al pensar eso y rió, una risa amarga que rompió el silencio del apartamento. Lo amaba, pero no valdría de nada. Si algún hombre era incapaz de amar, ése era Damien Medici.

Damien golpeó la bola... y falló. Estaba ganándole a su hermano, pero no por mucho.

Mientras tanto, Rafe tomó un sorbo de tequila, encantado consigo mismo.

—Hoy no estás concentrado.

—Te estoy ganando, ¿no? —suspiró él.

—¿Estás pensando en otra cosa? Desde que llegaste te he notado inquieto, distraído.

Damien se encogió de hombros.

–He trabajo mucho estas semanas y a veces me cuesta un poco relajarme –murmuró. Pero cuando intentaba enviar la bola a la esquina, falló de nuevo.

–Esto no tendrá nada que ver con tu guapa ayudante, ¿verdad?

–No quiero hablar de eso.

–¿Por qué no? ¿Te ha dejado? ¿Ha dicho que quería un hombre con cerebro y corazón?

Las palabras de Rafe estaban muy cerca de la verdad, pero Damien no quería escucharlas y se concentró en enviar la segunda bola a la esquina. Y esta vez no falló.

–¿Cómo lo haces? Incluso en un día malo…

–Yo siempre quiero ganar, en todo.

–¿En todo? ¿Siempre? ¿Entonces vas a seguir cortejando a la señorita Weatherfield?

–Ganar en la vida, en el trabajo. Las mujeres aparecen y desaparecen. Y, normalmente, me alegro de que lo hagan.

–Pero esta vez no –sonrió Rafe.

–¿Quieres dejarlo ya? Eres un pesado.

–Es parte de mi encanto. Y creo que esta vez has encontrado la horma de tu zapato, hermano.

Damien sacudió la cabeza.

–Emma me desprecia. Yo… la seduje para sacarle información sobre Max De Luca y no me perdonará nunca.

–Eso de que la sedujiste… yo creo que son las mujeres las que nos seducen, así que no creo que te desprecie tanto. A menos que hayas metido la pata de verdad.

Él carraspeó, incómodo.

—¿A qué te refieres?

—A que no has dicho esa frasecita que tiene dos palabras...

—¿Desde cuándo eres un experto en el amor? —le espetó Damien.

—No lo soy, pero sé que eso es lo que las mujeres quieren escuchar. Claro que si no estás interesado...

—Sí lo estoy.

Rafe levantó las cejas.

—Pues entonces creo que tú mismo acabas de encontrar la respuesta.

Damien se dejó caer sobre una silla.

—No es tan fácil. Creo que esta vez he fracasado de manera estrepitosa...

—Eso no te ha detenido nunca. ¿Por qué va a ser diferente ahora?

—Tú no lo entiendes.

—Claro que lo entiendo. Entiendo que si esa mujer te hace feliz tendrás que encontrar una manera de recuperarla o pasarás el resto de tu vida lamentándolo.

Emma detuvo el Tesla frente a su casa y apagó el motor, pero se quedó sentada un momento, apoyada en el volante.

Quizá había llegado el momento de marcharse de Las Vegas. Quizá era el momento de dejar MD.

Había pensado que estaría allí para siempre, pero últimamente se sentía tan infeliz...

Suspirando, decidió que era una tontería. Tenía un trabajo estupendo, un salario fabuloso y buenos amigos en Las Vegas. No tenía razones para quejarse, pensó mientras salía del coche.

Desde que Damien se había marchado trabajaba para otro de los vicepresidentes de MD, un hombre mayor que se retiraría en un par de años. No se le encogía el estómago cada vez que entraba en la oficina, su corazón no se ponía a palpitar como loco. Todo había vuelto a la normalidad.

Pero echaba de menos a Damien. Echaba de menos su pasión, su fuerza. Incluso sus defectos.

—No puedes tenerlo —se dijo a sí misma mientras entraba en el portal.

Pero cuando iba a cerrar la puerta oyó algo... ¿un ladrido? Un segundo después, una bola de pelo se lanzó hacia ella ladrando y moviendo la cola.

Emma se puso de rodillas en el suelo, atónita.

—¿Quién eres tú? ¿Y cómo has entrado aquí?

El cocker spaniel, blanco con manchas de color caramelo, intentaba lamerle la cara. ¿Cómo había entrado aquel perro en el portal? Riendo, Emma le acarició las orejas.

—Es un afortunado —oyó una voz entonces.

El corazón de Emma se detuvo durante una décima de segundo. Cuando volvió la cabeza y se encontró con Damien apoyado en la pared parpadeó para comprobar que no estaba alucinando.

—¿Qué haces...?

–Algunos dirían que me arriesgo demasiado, pero cuando encuentro algo que me gusta no puedo soltarlo.

Emma se levantó para abrir la puerta de su apartamento y el perrillo desapareció en el interior como si fuera su casa.

–¿Algo?

–Alguien –se corrigió Damien–. ¿Te gusta tu perro?

–Me encanta, pero no puedo quedármelo. Trabajo todo el día y tendría que dejarlo solo…

–¿Y si no tuvieras que trabajar todo el día? ¿O si pudieras llevártelo al trabajo?

–No, imposible, no nos dejan hacer eso.

–Pero podrías trabajar para mí. Te pagaría el doble de lo que te pagan en MD.

–Ya, claro.

–O podrías hacerme un favor y casarte conmigo –Damien entró tras ella y cerró la puerta.

–¿Hacerte un favor… qué?

Él levantó su barbilla con un dedo y Emma se vio obligada a mirar su cara… la cicatriz, los ojos oscuros cargados de pasión y algo más.

–He echado de menos un hogar durante toda mi vida. Y estar contigo me hace sentir que, por fin, he encontrado mi sitio.

Los ojos de Emma se empañaron.

–Oh, Damien… pensé que eso era imposible. Pensé que nunca me dejarías entrar en tu corazón.

–Te aseguro que estás en él –dijo él, con voz ronca.

Había tanto amor en sus ojos que estuvo a punto de pellizcarse.

–¿Crees que podrías casarte conmigo? Una vez me dijiste que no.

Ella negó con la cabeza.

–Tenía miedo de lo que sentía por ti –le dijo–. Damien, ¿la razón por la que decidiste no hablar con el consejo sobre el hermanastro de Max…?

–La razón eres tú. El asunto ya no me parecía tan importante.

Emma asintió con la cabeza, halagada, complacida y un poco incrédula.

–Los dos hemos cometido errores…

Damien respiró profundamente.

–Pensé que me odiabas.

–Yo no puedo odiarte –Emma tenía un nudo en la garganta, pero si había vuelto después de que ella lo rechazase tenía que desnudarle su corazón–. Eres un hombre asombroso. No sé cuándo ha pasado, pero en algún momento te has convertido en mi alma gemela, en mi salvador. A partir de algún momento, no sé cuándo, no podía imaginarme la vida sin ti.

Él tuvo que tragar saliva.

–Asombroso, ¿eh? ¿Tanto como para casarte conmigo?

–¿Me quieres, Damien?

Él cerró los ojos un momento.

–Yo no sé mucho sobre amor, pero sé que te quiero. Más que a mi vida. Más de lo que nunca había creído posible amar a alguien.

Emma ya no podía controlar las lágrimas.

–Oh, Damien… –murmuró, echándole los brazos al cuello–. Podríamos habernos dicho adiós para siempre. Es horrible…

–Eso no hubiera ocurrido. Si yo no podía convencerte, pensé que el perro lo haría –intentó bromear Damien. Pero enseguida se puso serio–. Más que nada, quería oírte decir que creías en mí.

–Creo en ti –dijo ella, acariciando su mejilla–. Creeré en ti durante el resto de mi vida.

–Te quiero, Emma. Te quiero… me gusta tanto decirlo. ¿Qué te parece si nos casamos en Las Vegas?

Ella sonrió.

–Cualquier sitio me parece bien.

–¿Y qué te parece una luna de miel en Italia?

Emma dio un paso atrás para mirarlo a la cara. Damien estaba sonriendo.

–¿En Italia?

–He hablado con Max. Según parece, ha investigado un poco en el trato que su abuelo hizo con el mío y ha decidido que uno de los edificios del *Palazzo* Medici, en Florencia, pertenecerá a mi familia para siempre.

–¿En serio?

–La verdad es que Max es tan honesto como tú me habías dicho.

–Tú eres el hombre más honesto que conozco –dijo Emma, pensando en cómo la había ayudado, en cómo intentó ayudar a su madre de acogida cuando era un crío. Sí, era la mujer más afortunada del mundo.

–Te quiero –declaró él, sencillamente–. Y voy a

pasar el resto de mi vida haciendo realidad tus sueños.

–Yo también te quiero –Emma sabía que Damien estaba diciendo la verdad. Y también sabía, en su corazón, que su mayor deseo se había hecho realidad.